TRANZLATY

La Langue est pour tout le Monde

言語はすべての人のためのもの

Les Aventures d'Alice au Pays des Merveilles

不思議の国のアリスの冒険

Lewis Carroll

ルイスキャロル

Français / 日本語

Dans le Terrier du Lapin
ウサギの穴を下って

Alice commençait à être très fatiguée

アリスはすごく疲れ始めていました

Elle était assise à côté de sa sœur sur le talus d'herbe

彼女は芝生の土手に姉のそばに座っていました

Mais elle n'avait rien à faire

しかし、彼女は何もすることがありませんでした

Sa sœur lisait un livre

彼女の妹は本を読んでいました

une ou deux fois, Alice jeta un coup d'œil dans le livre

一度か二度、アリスは本を覗き込んだ

Mais le livre ne contenait ni images ni conversations

しかし、その本には写真や会話はありませんでした

« À quoi sert un livre sans images ? » pensa Alice

「写真のない本に何の役に立つの?」とアリスは思いま
した

« Pourquoi un livre n'aurait-il pas de conversations ? »

「なぜ本には会話がないのだろう?」

Mais elle avait d'autres choses à considérer

しかし、彼女には他にも考慮すべきことがありました

« Faire une chaîne de marguerites serait un plaisir »

「ヒナギクのチェーンを作るのは楽しいでしょう」

« Mais cela vaut-il la peine de se lever et de cueillir les marguerites ?? »
「でも、起きてヒナギクを摘む努力はあるのだろうか??」
Ce n'était pas si facile d'y penser
これは考えるのはそれほど簡単ではありませんでした
parce que la journée la rendait somnolente et stupide
なぜなら、その日は彼女を眠くて愚かに感じさせていたからです
Mais soudain, ses pensées s'interrompirent
しかし、突然、彼女の思考が中断されました
un lapin blanc aux yeux roses courait près d'elle
ピンクの目をした白ウサギが彼女のそばを走っていました

Il n'y avait rien de trop remarquable chez le lapin
ウサギについて過度に注目に値するものは何もありませんでした
et Alice ne trouvait pas non plus le lapin remarquable
そしてアリスはウサギも注目に値するとは思いませんでした
elle ne s'étonna pas non plus quand le Lapin parla
ウサギが話したときも彼女は驚きませんでした

« Oh mon Dieu ! Je serai trop tard ! se dit-il
「あらまあ！もう手遅れだ！」と彼は自分に言い聞かせた
mais alors le Lapin a fait quelque chose que les lapins n'ont
pas fait
しかし、その後、ウサギはウサギがしなかったことをし
ました
le Lapin tira une montre de la poche de son gilet
ウサギはチョッキのポケットから時計を取り出した
Il regarda l'heure puis se hâta
彼は時間を見て、急いで走りました
Alice se leva, stupéfaite
アリスは驚いて立ち上がった
Elle n'avait jamais vu un lapin avec un gilet auparavant !
彼女はそれまでチョッキを着たウサギを見たことがあり
ませんでした！
elle n'avait jamais vu non plus de lapin avec une montre !
また、時計をつけたウサギも見たことがありませんでし
た。
Alice brûlait d'une nouvelle curiosité
アリスは新たな好奇心に燃えていました
et elle courut à travers le champ après le Lapin
そして、ウサギの後を追って野原を横切って走りました
Elle était juste à temps pour voir le lapin disparaître
彼女はちょうどウサギが消えるのを見るのにちょうど間
に合いました
Le lapin sauta dans un grand terrier de lapin
ウサギは大きなウサギの穴に飛び降りました
Un instant plus tard, Alice s'est mise à courir après le lapin !
次の瞬間、アリスがウサギを追いかけました！
Le terrier du lapin continuait tout droit comme un tunnel
ウサギの穴はトンネルのようにまっすぐに続いていまし
た
Et le tunnel a continué à avancer sur une certaine distance
そして、トンネルはしばらく続きました
Et puis le chemin s'est soudainement incliné
そして、道は突然下り坂になりました

Alice n'eut pas un instant pour songer à s'arrêter
アリスは自分を止めようと考える暇さえありませんでした
Elle s'est retrouvée à tomber et à tomber
彼女は自分がどんどん落ちていくことに気づきました
Il semblait qu'elle était tombée dans un puits très profond
まるで彼女がとても深い井戸に落ちてしまったかのようだった
Ou le puits était très profond, ou bien elle tombait très lentement
井戸が非常に深かったか、または彼女は非常にゆっくりと落ちました
parce qu'elle avait tout le temps de tomber
彼女が落ちる時間は十分あったからです
alors qu'elle tombait, elle pouvait regarder tout autour d'elle
彼女が落ちているとき、彼女は周りを見回すことができました
D'abord, elle a essayé de comprendre où elle allait
まず、彼女は自分がどこに向かっているのかを理解しようとしました
mais le puits était trop sombre pour voir quoi que ce soit
しかし、井戸は暗すぎて何も見えませんでした
Puis elle regarda les côtés du puits
それから彼女は井戸の側面を見ました
Et elle remarqua qu'il y avait des placards tout autour d'elle
そして、彼女は周りに食器棚があることに気づきました
et tout autour du puits il y avait des étagères de livres
そして井戸の周りには本棚がありました
Çà et là, elle voyait des cartes et des tableaux accrochés à des piquets
彼女はあちこちで、ペグに掛けられた地図や絵を見ました
En passant, elle prit un bocal sur l'une des étagères
彼女は通り過ぎるときに棚の一つから瓶を降ろした
Le pot a été étiqueté pour son contenu
瓶にはその内容物にラベルが付けられていました

« MARMELADE D'ORANGES »
「みかんから作るマーマレード」
Mais, à sa grande déception, le pot de marmelade était vide
しかし、彼女が非常に失望したことに、マーマレードの
瓶は空でした
Elle ne voulait pas laisser tomber le pot de marmelade vide
彼女は空のマーマレードの瓶を落としたくなかった
et sa chute fut très lente
そして彼女の落下は非常に遅かった
Elle a donc réussi à mettre le pot de marmelade dans l'un des placards
それで彼女はなんとかマーマレードの瓶を食器棚の1つ
に入れることができました
Tombée, descendue, tombée !
下、彼女は落ちる!
La chute prendrait-elle fin ?
この堕落はいつか終わるのだろうか?
Il n'y avait rien d'autre à faire
他にやることがなかった
alors Alice commença bientôt à se parler à elle-même
だからアリスは、すぐに独り言を言い始めました
« Je vais beaucoup manquer à Dinah ce soir, je pense ! »
「ダイナは今夜、僕をとても恋しく思うだろう、僕は思
うべきだ!」
Dinah était le chat d'Alice
ダイナはアリスの猫だった
« J'espère qu'ils se souviendront de sa soucoupe de lait à l'heure du thé »
「ティータイムに彼女のミルクの受け皿を覚えているこ
とを願っています」
« Dinah, ma chère, je voudrais que tu sois ici avec moi ! »
「ダイナ、愛する人、あなたが私と一緒にここにいてく
れたらいいのに!」
Alice sentit qu'elle s'assoupissait
アリスは居眠りをしているように感じました
Et puis soudain, bruit sourd ! bourrade!

そして突然、ドスン!ゴツン!

Elle tomba sur un tas de bâtons

彼女は棒の山の上に落ちました

et elle atterrit sur un tas de feuilles sèches

そして彼女は乾いた葉の山に着地しました

et enfin la longue chute dans le trou était terminée

そしてついに、穴への長い落下が終わった

Alice n'était pas du tout blessée

アリスは少しも傷ついていませんでした

Et elle se leva d'un bond au bout d'un instant

そして彼女はすぐに飛び上がった

Elle leva les yeux, mais il faisait noir au-dessus de sa tête

彼女は顔を上げたが、頭上は真っ暗だった

Devant elle se trouvait un autre long couloir

彼女の前には、また長い廊下がありました

et le Lapin Blanc était toujours en vue

そして、白ウサギはまだ見えていました

Il se hâtait dans le couloir

彼は廊下を急いでいた

Il n'y avait pas un instant à perdre

一瞬たりとも迷うことはありませんでした

Alice s'enfuit comme le vent

風のようにアリスを走らせた

Au coin de la rue, le lapin s'est retourné

角を曲がったところでウサギが回った

Elle était juste à temps pour entendre le lapin

彼女はちょうどウサギの声を聞くのに間に合いました

« "Oh, mes oreilles et mes moustaches »

「ああ、私の耳とひげ」

« Comme il est tard ! »

「もう遅くなってきた!」

Elle était tout près derrière le lapin

彼女はウサギのすぐ後ろにいました

Elle tourna au détour d'un autre coin

彼女は別の角を曲がった

mais le Lapin n'était plus visible

しかし、ウサギはもう見えませんでした

Elle se retrouva dans une longue salle basse

彼女は自分が長くて低いホールにいることに気づきました

La salle était éclairée par une rangée de plafonniers

ホールは天井のランプの列で照らされていました

Il y avait des portes tout autour de la salle

ホールのいたるところにドアがありました

mais toutes les portes étaient fermées à clé

しかし、すべてのドアは施錠されていました

Elle marcha tout le long d'un côté de la salle

彼女は廊下の片側をずっと歩いていった

et elle avait fait tout le chemin de l'autre côté de la salle

そして彼女はホールの反対側までずっと歩いてきました

Elle avait essayé toutes les portes

彼女はすべてのドアを試しました

et elle marchait tristement au milieu de la salle

そして彼女は悲しそうに廊下の真ん中を歩いていきました

« Comment vais-je jamais en sortir ? »

「どうやってまた出られるのだろう?」

Tout à coup, elle tomba sur une petite table
突然、彼女は小さなテーブルに出くわしました
La table était entièrement en verre massif
テーブルは全体が無垢のガラスでできていました
Il n'y avait rien sur la table à part une petite clé dorée
テーブルの上には小さな金の鍵以外は何もありませんで
した
La clé pourrait appartenir à l'une des portes !
鍵はドアの1つに属している可能性があります！
Mais, hélas ! Certaines serrures étaient trop grandes pour les
clés
しかし、悲しいかな！一部のロックはキーに対して大き
すぎました
et pour les autres serrures, la clé était trop petite
そして他のロックについては、キーが小さすぎました
mais, en tout cas, la clef n'ouvrit aucune des portes
しかし、いずれにせよ、鍵はどのドアも開かなかった
Mais que devait-elle faire ?
しかし、彼女は何をすべきだったのでしょうか？
Elle traversa de nouveau le couloir
彼女は再びホールを通り抜けた
et cette fois, elle remarqua un rideau bas
そして今度は低いカーテンに気づいた
Derrière le rideau se trouvait une petite porte
カーテンの向こうには小さなドアがありました
La porte avait une quinzaine de pouces de haut
ドアの高さは約15インチでした
Elle essaya la petite clé dorée dans la serrure
彼女は鍵の中の小さな金色の鍵を試しました
Et à sa grande joie, la clé s'est glissée dans la serrure !
そして、彼女が大いに喜んだことに、鍵は錠に収まりま
した！
Alice ouvrit la porte
アリスはドアを開けた
et elle trouva la porte qui donnait sur un petit couloir

そして、ドアは小さな廊下に通じているのを見つけました
た
Le couloir n'était pas beaucoup plus grand qu'un trou à rats
廊下はネズミの穴ほどの大きさではありませんでした
Elle s'agenouilla et regarda le long du couloir
彼女はひざまずいて廊下を見つめた
et elle a vu le plus beau jardin que vous ayez jamais vu
そして、彼女はあなたが今まで見た中で最も美しい庭を
見ました
comme elle avait envie de sortir de cette salle sombre
彼女はその暗いホールから出ることをどれほど切望して
いたか
comme elle voulait se promener parmi ces fleurs lumineuses
彼女はその明るい花の間をさまよいたかった
Comme ces fontaines avaient l'air cool et rafraîchissantes
その噴水がさわやかに見えたのはなんとクールだったこ
とでしょう
Mais elle ne pouvait même pas passer la tête par la porte
しかし、彼女は戸口から頭を出すことさえできませんで
した
— Oh ! dit Alice d'un ton lugubre
「あら」とアリスは悲しそうに言いました
comme je voudrais pouvoir me plier comme un télescope !
「望遠鏡のように折りたたむことができたらどんなにい
いのに！」
« Je pense que je pourrais me plier comme un télescope »
「望遠鏡のように折りたたむことができると思う」
« Si seulement je savais par où commencer »
「始め方がわかればいいのに」
Alice retourna à la table
アリスはテーブルに戻りました
Il y avait la chance de trouver une autre clé
別の鍵を見つけるチャンスがありました
Ou il pourrait y avoir un livre de règles
あるいは、ルールの本があるかもしれません
Le livre pourrait lui apprendre à se plier comme un télescope

その本は、望遠鏡のように折りたたむ方法を彼女に教えてくれるかもしれません
Cette fois, elle trouva une petite bouteille
今回は小さなボトルを見つけました
« cette bouteille n'était certainement pas là auparavant, » dit Alice
「このボトルは確かに前にはなかった」とアリスは言いました
et autour du goulot de la bouteille était attachée une étiquette en papier
そしてボトルの首に巻かれていたのは紙のラベルでした
L'étiquette était magnifiquement imprimée en grandes lettres
ラベルは大きな文字で美しく印刷されていました
« BOIS-MOI »
「飲んで」
« Non, je vais regarder d'abord », a-t-elle dit
「いや、まず見るよ」と彼女は言った
« Je vais voir si la bouteille est marquée comme toxique ou non, »
「ボトルが毒物と表示されているかどうか確認します」
Parce qu'elle n'a jamais oublié la leçon sur le poison
彼女は毒についての教訓を決して忘れなかったからです
« Si une bouteille est étiquetée comme toxique, elle est forcément en désaccord avec vous »
「ボトルに有毒なラベルが付けられている場合、それはあなたに同意しないに違いありません」
Cependant, cette bouteille n'a pas été marquée comme toxique
しかし、このボトルは有毒とマークされていませんでした
alors Alice se hasarda à goûter le contenu de la bouteille
そうアリスは思い切ってボトルの中身を味わってみました
Elle trouva le liquide tout à fait à son goût
彼女はその液体が自分の好みにかなり合っていると感じ

ました
La boisson avait une sorte de saveur mélangée
飲み物は一種の混合フレーバーを持っていました
tarte aux cerises, crème pâtissière et ananas
チェリータルト、カスタード、パイナップル
Rôtir la dinde, le caramel et le pain grillé au beurre chaud
ローストターキー、タフィー、トーストとホットバター
et elle finit bientôt la bouteille
そして彼女はすぐにボトルを飲み干しました
« Quelle curieuse sensation ! » dit Alice
「なんて不思議な感じなの!」とアリスは言いました
« Je me plie comme un télescope ! »
「望遠鏡のように折りたたまれてる!」
Et elle se repliait comme un télescope !
そして、彼女は本当に望遠鏡のように折りたたまれてい
ました!
Elle n'avait plus que dix pouces de haut
彼女の身長は今やわずか10インチでした
et son visage s'éclaira à ses pensées
そして彼女の顔は彼女の考えに明るくなりました
Maintenant, elle était de la bonne taille pour la petite porte
今、彼女は小さなドアにふさわしいサイズになりました
Maintenant, elle pouvait aller dans ce joli jardin
今、彼女はその美しい庭に入ることができました
Bientôt, elle a cessé de devenir plus petite
すぐに彼女は小さくなるのをやめました
Elle décida d'aller tout de suite dans le jardin
彼女はすぐに庭に行くことにしました
mais, hélas pour la pauvre Alice !
しかし、悲しいかな、かわいそうなアリスにとっては!
Elle arriva à la porte
彼女はドアに着きました
Mais elle avait oublié la petite clé d'or
しかし、彼女は小さな金の鍵を忘れていました
Elle retourna à la table pour prendre la clé
彼女は鍵を取りにテーブルに戻った

Mais elle s'aperçut qu'elle ne pouvait pas atteindre assez haut
しかし、彼女は十分に高いところに到達できないことに気づきました
Elle pouvait voir la clé très distinctement à travers la vitre
彼女はガラス越しに鍵をはっきりと見ることができました
Elle essaya de grimper sur les pieds de la table
彼女はテーブルの脚を登ろうとした
Mais le verre était beaucoup trop glissant
しかし、ガラスはあまりにも滑りやすかったです
Finalement, elle s'est fatiguée à essayer
結局、彼女は努力して疲れ果ててしまいました
et la pauvre petite fille s'assit et pleura
そして、かわいそうな少女は座って泣きました
Alice se parlait à elle-même assez vivement
アリスはやや鋭く独り言を言いました
« Allons, ça ne sert à rien de pleurer comme ça ! »
「さあ、そんなに泣いても無駄だよ！」
« Je vous conseille d'arrêter tout de suite ! »
「今すぐやめるように忠告するよ！」
Elle se donnait généralement de très bons conseils
彼女は一般的に自分自身に非常に良いアドバイスをしました
bien qu'elle suivît très rarement ses propres conseils
しかし、彼女は自分のアドバイスに従うことはめったにありませんでした
Et elle était parfois trop dure envers elle-même
そして、彼女は時々自分自身に厳しすぎることがありました
et ses paroles lui firent monter les larmes aux yeux
そして彼女の言葉は彼女の目に涙を浮かべました
Bientôt, son regard tomba sur une petite boîte en verre
すぐに彼女の目は小さなガラスの箱に落ちました
La petite boîte de verre était posée sous la table
小さなガラスの箱はテーブルの下に横たわっていました

Dans la boîte en verre se trouvait un tout petit gâteau
ガラスの箱の中には、とても小さなケーキが入っていま
した
Sur le gâteau, quelques mots étaient magnifiquement écrits
ケーキの上には、いくつかの言葉が美しく書かれていま
した
les mots avaient été marqués dans des groseilles
その言葉はスグリでマークされていました
« MANGE-MOI »
「イート・ミー」
« Eh bien, je vais manger le gâteau », dit Alice
「じゃあ、ケーキを食べちゃうよ」とアリスは言いまし
た
« et si le gâteau me fait grossir, je peux atteindre la clé »
「そして、ケーキが私を大きくするなら、鍵にたどり着
くことができます」
« et si le gâteau me fait rapetisser, je peux me glisser sous la
porte »
「そして、ケーキが私を小さくするなら、私はドアの下
に忍び込むことができます」
« Donc, de toute façon, j'irai dans le jardin »
「だから、いずれにせよ、庭に入るよ」
« Et peu m'importe lequel des deux arrive ! »
「そして、どちらが起こっても構わない!」
Elle a mangé un peu du gâteau
彼女はケーキを少し食べました
et elle se parla anxieusement à elle-même :
そして彼女は心配そうに独り言を言いました。
« Dans quel sens ? Dans quel sens ?
「どっち?どっちに?」
et elle posa la main sur sa tête
そして彼女は頭に手を当てました
Elle voulait sentir de quelle façon elle grandissait
彼女は自分がどちらに成長しているのかを感じたかった
のです
Elle fut très surprise de découvrir ce qui s'était passé

彼女は何が起こったのかを知って非常に驚いていました
Elle était restée de la même taille !
彼女は同じサイズのままだった！
Cette fois, elle redoubla donc d'efforts
だから今回は、彼女は努力を倍増させた
Et bientôt, elle termina tout le gâteau
そしてすぐに彼女はケーキ全体を食べ終えました

La mare de larmes
涙のプール

« Cela devient de plus en plus intéressant ! » s'écria Alice
「だんだん面白くなっちゃったね!」とアリスは叫びました
Vous pouvez voir qu'elle était très surprise
彼女がとても驚いていたのがわかります
« Je m'ouvre comme le plus grand télescope qui ait jamais existé ! »
「今までで最大の望遠鏡のように、私は開いています!」
« Au revoir, les pieds ! Oh, mes pauvres petits pieds"
「さようなら、足!ああ、私のかわいそうな小さな足」
« Je me demande qui va vous mettre vos chaussures maintenant, mes chères ? »
「これからは、誰があなたのために靴を履いてくれるのかな?」
et je me demande qui mettra vos bas ?
「それで、誰が君のストッキングを履くのだろう?」
« Je serai beaucoup trop loin »
「私はかなり遠く離れてしまうでしょう」
« Je ne pourrai plus me soucier de toi »
「もう君のことで悩むことは許されない」
Juste à ce moment, sa tête heurta quelque chose
ちょうどこの瞬間、彼女の頭が何かにぶつかった
Elle avait atteint le toit de la salle
彼女はホールの屋上にたどり着いていた
En fait, elle mesurait maintenant plus de deux mètres
実際、彼女の身長は2メートル以上になっていました
et elle prit aussitôt la petite clef d'or
そしてすぐに小さな金の鍵を取り上げました
et elle se précipita vers la porte du jardin
そして彼女は庭のドアに急いで行きました
Pauvre Alice ! Il n'y avait pas grand-chose qu'elle pouvait faire
かわいそうなアリス!彼女にできることはあまりありま

せんでした
Elle s'allongea sur le côté
彼女は片側に横たわった
et elle regarda d'un œil dans le jardin
そして彼女は片目で庭を覗き込みました
Mais s'en sortir était plus désespéré que jamais
しかし、それを乗り越えることは、かつてないほど絶望
的でした
Elle s'est assise et a recommencé à pleurer
彼女は座り、再び泣き始めました
Elle a continué à verser des litres de larmes
彼女は何ガロンもの涙を流し続けました
Bientôt, il y eut une grande flaque tout autour d'elle
すぐに彼女の周りには大きなプールができました
et l'eau atteignait la moitié du couloir
そして水は廊下の半分まで達しました
Au bout d'un moment, elle entendit un petit claquement de
pieds
しばらくすると、彼女は小さな足のパタパタという音を
聞いた
Elle entendit les pas venir de loin
遠くから足音が聞こえた
et elle s'essuya vivement les yeux pour voir ce qui allait
arriver
そして彼女は急いで目を乾かし、これから何が起こるか
を見ました
C'était le retour du Lapin Blanc
白ウサギが戻ってきた
Il était magnifiquement vêtu
彼は立派な服装をしていました
Il avait une paire de gants blancs dans une main
彼は片手に白い手袋を持っていました
et il avait un grand éventail de plumes dans l'autre main
そして、もう片方の手には大きな羽根の扇子を持ってい
ました
Il arriva en trottinant en toute hâte

彼は大急ぎで小走りでやって来ました
et il murmura en lui-même : « Oh ! la duchesse, la duchesse !
そして彼は独り言をつぶやいた。公爵夫人、公爵夫人！
」
« Ah ! ne serait-elle pas sauvage si je l'ai fait attendre !
「ああ！もし私が彼女を待たせていたら、彼女は野蛮に
なるんじゃないの！

Quand le Lapin s'approcha d'elle, Alice prit la parole
うさぎが彼女に近づくと、アリスは話しかけました
Mais elle parlait d'une voix basse et timide
しかし、彼女は低く、臆病な声で話した
« Monsieur, s'il vous plaît, arrêtez ce que vous faites un
instant »
「先生、ちょっとおやめください」
Le Lapin sursauta violemment
ウサギは激しく驚いた
Il laissa tomber les gants blancs et l'éventail de plumes
彼は白い手袋と羽根扇子を落としました
et il s'enfuit dans les ténèbres aussi vite qu'il le put
そして彼はできるだけ速く暗闇の中へと急いで逃げてい
った
Alice ramassa l'éventail en plumes et les gants
アリスは羽根扇子と手袋を拾い上げました

Et elle n'arrêtait pas de s'éventer tout en parlant
そして、彼女は話し続けながら自分自身を扇ぎ続けました

« Cher, cher ! Comme tout est étrange aujourd'hui !
「ああ、ああ!今日は何もかもがなんと奇妙なことでしょう!」

« Hier, les choses se sont passées comme d'habitude »
「昨日はいつも通りのことだった」

« Étais-je le même quand je me suis levé ce matin ? »
「今朝起きたときも私も同じだったの?」

« Mais si je ne suis pas le même, il y a une autre question »
「でも、もし私が同じでないなら、また別の疑問がある」

« Qui suis-je ? »
「私はいったい何者なの?」

« Ah, c'est le grand casse-tête ! »
「ああ、それは素晴らしいパズルだ!」

En disant cela, elle baissa les yeux sur ses mains
そう言いながら、彼女は自分の手を見下ろしました

Elle portait l'un des petits gants blancs du lapin
彼女はウサギの小さな白い手袋をはめていました

Elle n'avait pas remarqué qu'elle avait mis le gant en parlant
彼女は話しているときに手袋をはめたことに気づいていませんでした

« Comment ai-je pu faire cela ? » a-t-elle pensé
「どうしてそんなことができるの?」彼女は思った

« Je dois redevenir petit »
「また小さくなってきたんだろうな」

Elle se leva et s'approcha de la table pour mesurer sa taille
彼女は立ち上がり、テーブルに行って身長を測りました

Elle a découvert qu'elle mesurait maintenant environ un demi-mètre
彼女は今、自分の身長が約50メートルであることに気づきました

et elle rétrécissait encore rapidement
そして、彼女はまだ急速に縮小していました

Elle découvrit rapidement quelle était la cause de ce rétrécissement
彼女はすぐに、縮小の原因が何であるかを見つけました
L'éventail de plumes la rendait encore plus petite !
羽根の扇子が彼女を再び小さくしていました！
et elle laissa tomber l'éventail de plumes à la hâte
そして彼女は急いで羽根扇子を落としました
Elle laissa tomber l'éventail de plumes juste à temps pour se sauver
彼女は自分を救うために、ちょうど間に合った羽根扇子を落としました
Si elle s'était éventée plus longtemps, elle se serait complètement retirée
もし彼女がこれ以上自分を扇いでいたら、彼女は完全に縮んでいただろう
« C'était une échappatoire de justesse ! » dit Alice
「あれは辛うじての逃げ道だったのに！」とアリスは言った
et elle fut bien effrayée de ce changement soudain
そして、彼女は突然の変化にかなり怯えていました
mais elle était très heureuse de se trouver encore en existence
しかし、彼女は自分がまだ存在していることに気づき、とても嬉しかったです
« Et maintenant, en route pour le jardin ! »
「さあ、庭へ行こう！」
Et elle courut à toute vitesse vers la petite porte
そして、彼女は全速力で小さなドアに走って戻った
Mais, hélas ! La petite porte fut refermée
しかし、悲しいかな！小さなドアは再び閉まりました
et la petite clé d'or était de nouveau posée sur la table de verre
そして、小さな金の鍵は再びガラスのテーブルの上に転がっていました
« Les choses sont pires que jamais », pensa le pauvre enfant
「事態はかつてないほど悪化している」と可哀想な子供

は思いました
« Je n'ai jamais été aussi petit que ça auparavant, jamais ! »
「今までこんなに小さくなったのは初めてだよ、絶対に
！」
En prononçant ces mots, son pied glissa
そう言いながら、彼女の足が滑った
et un instant plus tard, il y eut une grande éclaboussure !
そして次の瞬間、大きな水しぶきが上がりました！
Elle était dans l'eau salée jusqu'au menton
彼女は顎まで塩水に浸かっていた
Sa première idée fut qu'elle était tombée d'une manière ou
d'une autre dans la mer
彼女が最初に考えたのは、どういうわけか海に落ちてし
まったということでした
Cependant, elle s'est vite rendu compte dans quoi elle se
trouvait
しかし、彼女はすぐに自分が何にいるのかに気づきまし
た
Elle était dans une mare de larmes
彼女は涙を流していました
les larmes qu'elle avait versées quand elle avait deux mètres
de haut
身長2メートルの時に流した涙

Juste à ce moment-là, elle entendit quelque chose
ちょうどその時、彼女は何かを聞いた
Quelque chose barbotait dans la mare
プールで何かが飛び散っていました
Les éclaboussures venaient d'un peu de loin
水しぶきは少し離れたところから来ました
et elle nagea plus près pour voir ce que c'était que les
éclaboussures
そして、水しぶきが何であるかを見るために近くまで泳
ぎました
Elle vit bientôt que ce n'était qu'une petite souris
彼女はすぐにそれがただの小さなネズミであることに気
づきました
La petite souris s'était également glissée dans l'eau
小さなネズミも水に滑り込んでしまった
Alice réfléchit à la situation
アリスは、その状況について自分に言い聞かせました
« Serait-il utile de parler à cette souris ? »
「このネズミに話しかけても、何か意味があるのだろう
か?」
« Tout est tellement à l'envers ici »
「ここは何もかもがひっくり返っている」
« Je pense que c'est très probable que cette souris peut
parler »
「このネズミは喋れる可能性が非常に高いと思う」
« En tout cas, il n'y a pas de mal à essayer »
「いずれにせよ、やってみても害はない」
Alors elle a commencé à essayer de parler à la souris
そこで彼女はネズミと話そうと試み始めました
« Oh Souris, sais-tu comment sortir de cette mare ? »
「ああ、ネズミ、このプールから出る方法を知っている
か?」
« Je suis bien fatigué de nager ici, ô souris ! »
「ここを泳ぐのはもううんざりだよ、ああ、ネズミ!」
La souris la regarda d'un air assez inquisiteur
ネズミはやや興味津々に彼女を見つめた

La souris semblait cligner de l'œil avec l'un de ses petits yeux
ネズミは小さな目でウインクしているように見えました
Mais la petite souris ne dit rien
しかし、小さなネズミは何も言いませんでした
« Peut-être la souris ne comprend-elle pas l'anglais », pensa Alice
「もしかしたら、ネズミは英語がわからないんじゃないか」とアリスは思いました
« J'ose dis-le que c'est une souris française »
「あえて言うならフレンチマウス」
« peut-être que cette souris est venue avec Guillaume le Conquérant »
「もしかしたら、このネズミはウィリアム征服王と一緒に来たのかもしれない」
Alors elle a recommencé, en français
そこで彼女は再びフランス語で始めました
« Où est mon chat ? » a-t-elle demandé en français
「私の猫はどこ?」彼女はフランス語で尋ねました
c'était la première phrase de son livre de leçons de français
それは彼女のフランス語の教科書の最初の文だった
La souris fit un saut soudain hors de l'eau
ネズミは突然水から飛び出しました
et la souris semblait frémir de frayeur
そして、ネズミは恐怖で全身が震えているように見えました
— Oh ! je vous demande pardon ! s'écria vivement Alice
「ああ、ごめんなさい!」とアリスは急いで叫びました
Elle craignait d'avoir blessé les sentiments du pauvre animal
彼女は自分が哀れな動物の気持ちを傷つけてしまったのではないかと恐れていました
« J'oubliais que tu n'aimais pas les chats »
「猫が好きじゃなかったのをすっかり忘れてた」
« Je n'aime pas les chats ! » cria la Souris d'une voix aiguë et passionnée
「猫は好きじゃない!」ネズミは甲高い情熱的な声で叫

びました
« Voudrais-tu des chats, si tu étais moi ? »
「もし君が僕だったら、猫が好き?」
Alice réconforta la souris d'un ton apaisant
アリスはなだめるような口調でマウスを慰めました
« Eh bien, peut-être que je n'aimerais pas non plus les chats
si j'étais vous »
「まあ、もし僕が君だったら猫は好きじゃないかもしれ
ないけどね」
« S'il vous plaît, ne soyez pas en colère à propos de la
mention des chats »
「猫の話に怒らないで」
« Et pourtant, j'aimerais pouvoir te montrer notre chat
Dinah »
「それでも、私たちの猫ダイナを見せられたらいいのに
」
« Si vous la rencontriez, je pense que vous prendriez goût
aux chats »
「もし彼女に会ったら、猫に夢中になると思うよ」
« Si seulement vous pouviez la voir »
「彼女が見えさえすれば」
« Elle est une chose si chère et si calme »
「彼女はとても愛おしくて静かな人です」
La souris tremblait de partout
ネズミは全身を震わせていました
Alice était certaine que la souris devait être vraiment
offensée
アリスは、ネズミが本当に気分を害しているに違いない
と確信しました
« On ne parlera plus d'elle, si tu préfères ne pas le faire »
「彼女のことはもう話さないよ、もし君が話したくなけ
れば」
« Nous, en effet ! » s'écria la Souris
「ほんとうに!」とネズミは叫びました
La souris tremblait jusqu'au bout de sa queue
ネズミは尻尾の先まで震えていました

« Comme si je voulais parler d'un tel sujet ! »
「まるでそんな話をするかのように!」
« Notre famille a toujours détesté les chats »
「うちの家族はいつも猫が嫌いだった」
"Les chats ; des choses méchantes, basses, vulgaires !
「猫；意地悪で、低く、下品なもの!」
« Ne me laissez plus entendre le nom ! »
「二度と名前を聞かせないで!」
— Je ne parlerai plus des chats, en effet, dit Alice
「もう猫の話はしないよ!」とアリスは言いました
Elle était très pressée de changer de sujet
彼女は話題を変えるのにとても急いでいました
"Êtes-vous... Aimez-vous les chiens ?
「お前は......あなたは犬が好きですか?」
« Il y a un petit chien si gentil près de notre maison, »
「家の近くにこんなに素敵な小さな犬がいるよ」
« Je voudrais te montrer le petit chien ! »
「小さな犬を見せてあげたいんだけど!」
"Ce petit chien tue tous les rats et...
「この小さな犬はすべてのネズミを殺し、そして...
« Oh ! mon Dieu ! » s'écria Alice d'un ton triste
「あら、ねえ!」アリスは悲しそうな口調で叫びました
« J'ai peur de t'avoir encore offensé ! »
「また君を怒らせてしまったんじゃないかしら!」
La souris nageait loin d'elle aussi vite qu'elle le pouvait
ネズミは全速力で彼女から離れて泳いでいました
et la souris fit tout un vacarme dans la mare
そして、ネズミはプールでかなりの騒ぎを起こしました
Alors elle appela doucement la souris
だから彼女はネズミをそっと呼んだ
« Ma chère souris, s'il vous plaît, revenez ! »
「親愛なるネズミ、戻ってきてください!」
« Et nous ne parlerons pas des chats »
「そして、猫の話はしない」
« Et nous n'avons pas non plus besoin de parler des chiens »
「そして、犬の話をする必要もありません」

Quand la souris entendit cela, elle se retourna
ネズミはこれを聞くと、振り返りました
et la petite souris nagea lentement vers elle
そして、小さなネズミはゆっくりと彼女のところまで泳
いで戻ってきました
Le visage de la souris était assez pâle
ネズミの顔はかなり青白かった
et la souris parla d'une voix basse et tremblante
そしてネズミは低く震える声で話しました
« Allons à la rive »
「岸に行こう」
« et ensuite je vous raconterai mon histoire »
「それから、私の歴史を話します」
« et vous comprendrez pourquoi c'est moi qui déteste les chats et les chiens »
「そして、私が猫や犬が嫌いな理由がわかるでしょう」
Il était grand temps de partir
そろそろ行く時が来ました
parce que la piscine devenait assez bondée
プールがかなり混雑していたからです
D'autres oiseaux et animaux étaient tombés dans la mare
他の鳥や動物はプールに落ちていました
il y avait un Canard et un Dodo
アヒルとドードーがいました
et il y avait un oiseau Lory et un aiglon
そして、ロリーバードとイーグレットがいました
et il y avait plusieurs autres créatures intéressantes
そして、他にもいくつかの興味深い生き物がいました
Alice a ouvert la voie à la sortie de la piscine
アリスはプールから出る道を先導しました
et toute la troupe des animaux nagea jusqu'au rivage
そして、動物の一団は皆、岸まで泳ぎました

Une course de caucus et une longue traîne
党員集会とロングテール

C'était en effet une bande d'animaux à l'allure amusante

彼らは確かに面白そうな動物の集まりでした

et ils se rassemblèrent tous sur le bord de l'eau

そして、彼らは皆、水辺に集まりました

Les oiseaux avaient tous des plumes débraillées

鳥たちは皆、羽毛が生えていました

et les animaux à fourrure étaient trempés

そして、毛むくじゃらの動物たちはびしょ濡れになって
いました

et tous étaient trempés, agacés et mal à l'aise

そして、全員が滴り落ち、濡れ、イライラし、不快でし
た

Il y avait une question à laquelle il fallait répondre en
premier

最初に答えなければならない質問が1つありました

Quelle est la meilleure façon pour tout le monde de se
sécher ?

誰もが乾くための最良の方法は何ですか?

Ils ont tenu une consultation à ce sujet
彼らはこの件について相談しました
Bientôt, ils furent tous en bons termes
すぐに彼らは皆、馴染み深い関係になりました
C'était comme si elle les avait connus toute sa vie
それはまるで彼女が生涯を通じて彼らを知っていたかの
ようでした
La souris semblait être une personne d'une certaine autorité
ネズミは何か権威のある人のようでした
« Asseyez-vous, vous tous, et écoutez-moi ! »
「皆さん、座って、私の言うことを聞いてください!」
« Je vais bientôt vous faire sécher à nouveau ! »
「すぐにみんなを乾かしてあげるよ!」
Ils s'assirent tous en même temps, dans un grand cercle
彼らは皆、大きな輪になって一斉に座りました
et la petite souris s'assit au milieu
そして、小さなネズミは真ん中に座っていました
« Hum ! » dit la souris d'un air important
「えへん!」ネズミは意味深な雰囲気で言いました
« Êtes-vous tous prêts ? »
「準備はいいですか?」
« C'est la chose la plus sèche que je connaisse »
「これは私が知っている中で最も乾燥しているものです
」
« Silence tout autour, s'il vous plaît ! »
「もしよろしければ、周りを静かにしてください!」
« Guillaume le Conquérant était favorisé par le pape »
「ウィリアム征服王は教皇に好まれた」
« mais il fut bientôt soumis par les Anglais »
「しかし、彼はすぐにイギリス人に服従した」
« Ils voulaient des leaders ces derniers temps »
「彼らは最近、リーダーを求めていた」
« et ils avaient été habitués au pouvoir et à la conquête »
「そして、彼らは権力と征服に慣れていた」
« Edwin et Morcar, les comtes de Mercie et de
Northumbrie »

「エドウィンとモルカー、マーシア伯爵とノーサンブリ
ア伯爵」
« Pouah ! » dit l'oiseau lori, avec un frisson
「うわっ!」とロリ鳥は震えながら言いました
« et même Stigand, l'archevêque patriote de Cantorbéry »
「そして、愛国的なカンタベリー大司教のスティガンド
でさえ」
« Il l'a également trouvé opportun »
「彼もそれが賢明だと思った」
« Qu'a-t-il trouvé à propos ? » dit le canard
「彼は何を賢明だと思ったの?」とアヒルは言いました
— Il l'a trouvé opportun, répondit la souris d'un ton un peu
contrarié
「彼はそれが賢明だと思った」とネズミはやや横柄に答
えた
Mais le canard n'était pas satisfait
しかし、アヒルは満足しませんでした
« Bien sûr, vous savez ce que 'it' signifie »
「もちろん、あなたは『それ』が何を意味するか知って
います」
« Je sais ce que c'est quand je trouve quelque chose », dit le
canard
「何かを見つけたときの『それ』が何であるかはわかっ
ているよ」とアヒルは言いました
« C'est généralement une grenouille ou un ver »
「それは一般的にカエルかミミズです」
« La question est de savoir ce que l'archevêque a trouvé ?
「問題は、大司教が何を見つけたのかということです」
La souris n'a pas remarqué cette question
マウスはこの質問に気づきませんでした
Au lieu de cela, la souris continua précipitamment son
discours
それどころか、ネズミは急いでスピーチを続けました
« il a jugé opportun d'aller avec Edgar Atheling »
「彼はエドガー・アセリングを選ぶのが賢明だと思った
」

« pour rencontrer Guillaume et lui offrir la couronne »
「ウィリアムに会い、彼に王冠を差し出すために」
la souris continua, se tournant vers Alice pendant qu'elle parlait
ネズミは続け、話しながらアリスに向き直りました
« Comment allez-vous maintenant, ma chère ? »
「今はどうですか、お母さん?」
– Aussi mouillée que jamais, dit Alice d'un ton mélancolique
「相変わらず濡れてるわ」とアリスは憂鬱な口調で言いました
« Cette histoire n'a pas l'air de me tarir du tout »
「この話は私をまったく乾かしていないようです」
– Dans ce cas, dit solennellement le dodo en se levant
「それなら」ドードーは厳粛に言い、立ち上がりました
« Je vote pour l'ajournement de la séance »
「私は会議を延期することに投票します」
« et je propose l'adoption immédiate de remèdes plus énergiques »
「そして、私はより精力的な治療法を直ちに採用することを提案します」
« Dis des paroles vraies ! » dit l'aiglon
「本当の言葉を話せ!」とワシは言いました
« Je ne connais pas le sens de la moitié de ces longs mots »
「あの長い言葉の半分の意味がわからない」
et, qui plus est, je ne crois pas que vous le sachiez non plus !
「それに、君も知らないと思うよ!」
– Ce que j'allais dire, dit le dodo d'un ton offensé
「何を言おうと思っていたんだ」とドードーは気分を害した口調で言いました
« La meilleure chose à faire pour nous sécher serait une course au caucus »
「私たちを乾かすのに最適なのは、党員集会です」
« Qu'est-ce qu'une course de caucus ? » demanda Alice
「党員集会って何?」とアリスは言った

« Eh bien, » dit le dodo, « la meilleure façon de l'expliquer, c'est de le faire »

「まあ」とドードーは言いました、「それを説明する最良の方法は、それをやることです。」

« D'abord, le dodo a tracé un parcours »

「まず、ドードーが競馬場をマークした」

« La piste était dans une sorte de cercle »

「トラックは一種の円の中にありました」

« Et puis tout le groupe a été placé le long du parcours »

「そして、すべてのパーティーがコースに沿って配置されました」

Il n'y avait pas de « Un, deux, trois et c'est parti ! »

「ワン、ツー、スリー、アウェイ!」などありませんでした。

Mais ils ont commencé à courir quand ils voulaient

しかし、彼らは好きなときに走り始めました

et ils finissaient aussi quand ils le voulaient

そして、彼らはまた、彼らが好きなときに終了しました

Il n'était donc pas facile de savoir quand la course était terminée

そのため、レースがいつ終わったのかを知るのは簡単で
はありませんでした
Après environ une demi-heure de course, ils étaient tous
assez secs
30分ほど走った後、彼らはすべてかなり乾いていました
le dodo s'écria soudain : « La course est finie ! »
ドードーは突然「レースは終わった！」と叫びました。
Et ils se pressèrent tous autour du Dodo
そして、彼らは皆、ドードーの周りに群がりました
Tous les animaux haletaient et soufflaient
すべての動物が息を切らしていました
et tous voulaient savoir : « Mais qui a gagné ? »
そして、彼らは皆、「しかし、誰が勝ったのか」を知り
たがっていました。
Le dodo ne pouvait pas répondre immédiatement à cette
question
この質問にドードーはすぐには答えられなかった
D'abord, il a dû beaucoup réfléchir
まず、彼は多くのことを考えなければなりませんでした
Après mûre réflexion, le dodo finit par parler
いろいろ考えた末、ついにドードーが口を開いた
« Tout le monde a gagné, et tous doivent avoir des prix »
「全員が勝った、そして全員が賞品を持っている必要が
あります」
« Mais qui doit donner les prix ? » demanda un chœur de
voix
「でも、誰が賞品をあげるんだ?」と声の合唱が尋ねた
— Eh bien, elle, bien sûr, dit le dodo
「まあ、もちろん、彼女だよ」とドードーは言った
et le dodo pointa d'un doigt vers Alice
そしてドードーは一本の指でアリスを指しました
et toute la troupe des animaux se pressait autour d'elle
そして、動物たちの一団全体が彼女の周りに群がってい
ました
ils ont crié, d'une manière confuse : « Des prix ! Des prix !
彼らは混乱した様子で、「賞品だ!賞品!」

Alice n'avait aucune idée de ce qu'elle devait faire
アリスは何をすべきかわかりませんでした
Désespérée, elle mit la main dans sa poche
絶望して彼女はポケットに手を入れた
Et elle en sortit une boîte de bonbons
そして、お菓子の箱を取り出した
Heureusement, l'eau salée n'était pas entrée dans la boîte
幸いなことに、塩水は箱に入っていませんでした
et elle a distribué les bonbons comme prix
そして、お菓子を賞品として渡しました
Il y avait exactement une pièce pour tout le monde
みんなにぴったりのピースがありました
La prochaine chose qu'ils devaient faire était de manger les
bonbons
次にやらなければならなかったのは、お菓子を食べるこ
とでした
Cela a causé du bruit et de la confusion
これにより、ノイズと混乱が発生しました
Les grands oiseaux se plaignaient de ne pas pouvoir goûter
leurs bonbons
大きな鳥たちは、自分たちのお菓子が味わえないと文句
を言いました
Les petits s'étouffaient et devaient être tapotés dans le dos
小さいものは窒息し、背中を軽くたたいなければなりま
せんでした
Cependant, c'était enfin fini
しかし、ついに終わってしまいました
Et ils se rassirent en cercle
そして、彼らは再び輪になって座りました
et ils supplièrent la souris de leur dire quelque chose de
plus
そして、彼らはネズミにもっと何か教えてくれるように
頼みました
— Vous m'avez promis de me raconter votre histoire, vous
savez, dit Alice
「君の歴史を教えると約束したでしょ」とアリスは言っ

た
et elle fit une autre petite remarque sur les chats à voix basse
そして、彼女はささやき声で猫について別の小さな発言
をしました
Elle ne voulait pas offenser à nouveau la souris
彼女は再びネズミを怒らせたくなかった
la petite souris se tourna vers Alice et soupira
小さなネズミはアリスに向き直り、ため息をついた
« Ma conte est long et triste ! »
「私の話は長くて悲しい話です!」
— C'est une longue queue, certainement, dit Alice
「確かに、長い尻尾だね」とアリスは言いました
et elle baissa les yeux avec étonnement sur la queue de la
souris
そして、彼女は不思議そうにネズミの尻尾を見下ろしま
した
« Mais pourquoi appelez-vous cela une queue triste ? »
「でも、なんでそれを悲しい尻尾と呼ぶの?」
Et elle n'arrêtait pas de s'interroger à ce sujet pendant que la
souris parlait
そして、ネズミが話している間、彼女はそれについて困
惑し続けました
de sorte que son idée de l'histoire était quelque chose
comme ceci
だから、彼女の物語のアイデアはこんな感じだった

                    "Fury said to
                  a mouse, That
                    he met in the
                      house, 'Let
                        us both go
                          to law: *I*
                            will prosecute
                          you.—
                            Come, I'll
                          take no denial:
                        We must have
                      the trial;
                    For really
                  this morning
              I've
              nothing
              to do.'
                  Said the
                    mouse to
                      the cur,
                        'Such a
                          trial, dear
                          sir, With
                              no jury
                                or judge,
                                  would
                                be wasting
                              our
                            breath.'
                      'I'll be
                    judge,
                I'll be
              jury,'
              said
              cunning
              old
              Fury;
                'I'll
                  try
                    the
                      whole
                        cause,
                        and
                        condemn
                    you to
              death.'"

Fury dit à une souris : Qu'il s'est rencontré dans la maison.
フューリーはネズミに言った、彼は家で会ったと」
Allons tous les deux en justice, je vous poursuivrai
私たち二人が法律に訴えましょう：私はあなたを起訴します
Allons, je n'accepterai aucun démenti : il faut que nous fassions l'épreuve
さあ、私は否定しません：私たちは裁判を受けなければなりません
Car vraiment ce matin je n'ai rien à faire
本当に今朝は何もすることがないんだ
Dit la souris au maudit ;

ネズミは呪いに言った。
Un tel procès, cher monsieur, sans jury ni juge, nous ferait perdre notre souffle
そのような裁判は、親愛なる旦那様、陪審員も裁判官もいない状態で、私たちの息を無駄にするでしょう
« Je serai juge, je serai jury », dit le vieux rusé Fury
"私は裁判官になる、私は陪審員になるだろう"と狡猾な古いフューリーは言った
Je vais juger toute la cause, et je vous condamnerai à mort
私はすべての原因を試し、あなたを死に追いやる
la souris parla sévèrement à Alice
ネズミはアリスに厳しく話しかけました
« Tu ne fais pas attention ! »
「あなたは注意を払っていません!」
« À quoi pensez-vous ? »
「何を考えてるの?」
— Je vous demande pardon, dit Alice très humblement
「ご容赦ください」とアリスはとても謙虚に言いました
« Tu étais arrivé au cinquième virage, je crois ? »
「5番目の曲がり角にたどり着いたんじゃないかな?」
« Vous m'insultez en disant de telles bêtises ! »
「そんな馬鹿げたことを言って、私を侮辱する!」
Et la souris se leva et s'éloigna
そして、ネズミは立ち上がって立ち去りました
Alice appela la petite souris
アリスは小さなネズミを呼んだ
« S'il vous plaît, revenez et terminez votre histoire ! »
「戻ってきて、あなたの話を終わらせてください!」
Et les autres se joignirent tous en chœur
そして、他のメンバーも全員合唱に参加した
« Oui, s'il vous plaît, terminez votre histoire ! »
「はい、どうかあなたの話を終わらせてください!」
Mais la souris se contenta de secouer la tête avec impatience
しかし、ネズミは苛立たしげに首を振るだけだった
et la petite souris marchait un peu plus vite
そして、小さなネズミは少し速く歩きました

« Je voudrais bien avoir Dinah, notre chat, ici ! » dit Alice
「ここに猫のダイナがいたらいいのに!」とアリスは言いました
Cela provoqua une sensation remarquable parmi le parti
これは、党の間で顕著なセンセーションを引き起こしました
Quelques-uns des oiseaux se hâtèrent de s'éloigner
何羽かの鳥が一気に急いで去っていきました
et un canari appela d'une voix tremblante ses enfants ;
そして、カナリアが震える声で子供たちに呼びかけました。
« Allez-vous-en, mes chères ! »
「さあ、さあ、私の愛する人たち!」
« Il est grand temps que vous soyez tous au lit ! »
「そろそろみんなベッドに入る時間だよ!」
Avec diverses excuses, ils sont tous partis
さまざまな言い訳をして、彼らは皆去っていきました
et Alice se retrouva bientôt seule
そしてアリスはすぐに一人残されました
« J'aurais aimé ne pas avoir mentionné Dinah ! »
「ダイナのことを言わなければよかった!」
« Personne n'a l'air de l'aimer ici »
「ここでは誰も彼女を好きじゃないみたいだ」
« Mais je suis sûr que c'est la meilleure chatte du monde ! »
「でも、きっと世界一の猫だよ!」
La pauvre Alice se remit à pleurer
かわいそうなアリスはまた泣き始めました
parce qu'elle se sentait très seule et déprimée
彼女はとても孤独で元気がないと感じていたからです
Au bout de peu de temps, cependant, elle entendit de nouveau quelque chose
しかし、しばらくすると、彼女は再び何かを聞いた
un petit bruit de pas au loin
遠くで小さな足音がパタパタと音を立てる
et elle leva les yeux avec impatience
そして彼女は熱心に顔を上げました

Le lapin envoie le petit M. Bill
ウサギは小さなビル氏を送り込みます

C'était le lapin blanc, qui revenait lentement au trot
それは白ウサギで、再びゆっくりと小走りで戻ってきました

Il regardait anxieusement autour de lui en chemin
彼は心配そうに辺りを見回していた

Il avait l'air d'avoir perdu quelque chose
彼は何かを失ったかのように見えた

Alice l'entendit marmonner pour lui-même
アリスは彼が独り言をつぶやくのを聞いた

— La duchesse ! La Duchesse ! Oh, mes chères pattes !
「公爵夫人！公爵夫人！ああ、私の愛する足！」

« Oh, ma fourrure et mes moustaches ! »
「ああ、私の毛皮とひげ！」

« Elle va me faire exécuter, j'en suis sûr »
「彼女は私を処刑するだろう、それは確かだ」

« Aussi sûr que les furets sont des furets ! »
「フェレットがフェレットであるのと同じくらい確実です！」

« Où ai-je pu laisser tomber mes affaires, je me demande ? »
「どこに物を落としたんだろう?」
Alice devina en un instant ce qu'il cherchait
アリスは彼が探しているものをすぐに推測しました
Il cherchait l'éventail de plumes
彼は羽根の扇子を探していました
et il cherchait la paire de gants blancs
そして、彼は白い手袋を探していました
Elle se mit donc très gentiment à chercher les gants
それで、彼女はとても気さくに手袋を探し始めました
Et elle chercha aussi l'éventail de plumes
そして、彼女は羽根の扇子も探しました
Mais les gants et l'éventail de plumes étaient introuvables
しかし、手袋と羽根扇子はどこにも見当たりませんでした
Tout semblait avoir changé depuis sa baignade dans la piscine
彼女がプールで泳いで以来、すべてが変わったように見えました
Rien n'était pareil depuis qu'elle était dans la grande salle
彼女が大広間にいたときから、何も変わらなかった
et la table de verre avait disparu
そしてガラスのテーブルは消えていました
Et la petite porte n'était pas là non plus
そして、小さなドアもそこにはありませんでした
Très vite, le lapin remarqua Alice
すぐにウサギはアリスに気づきました
Il l'appela d'un ton furieux
彼は怒った口調で彼女に呼びかけた
« Mary Ann, que fais-tu ici ? »
「メアリー・アン、ここで何をしているの?」
« Rentre chez toi à l'instant même »
「この瞬間に家に帰って」
« Et apporte-moi une paire de gants et un éventail de plumes ! »
「それから、手袋と羽根扇子を持ってきて!」

« Et faites vite ! »
「そして、早くやれ!」
Alice se parlait à elle-même en s'enfuyant
アリスは走り去りながら独り言を言いました
— Il a dû me prendre pour sa femme de chambre !
「彼は私を彼のメイドと間違えたに違いない!」
« Comme il sera surpris quand il découvrira qui je suis ! »
「彼が私が誰であるかを知ったら、彼はどれほど驚くで
しょう!」
En disant cela, elle tomba sur une petite maison soignée
そう言っていると、きれいな小さな家に出くわしました
Sur la porte de la maison se trouvait une plaque de laiton
brillant
家のドアには明るい真鍮の皿がありました
« W. LAPIN »
「W. ラビット」
Elle entra sans frapper à la porte
彼女はドアをノックせずに中に入った
et elle se hâta de monter l'escalier
そして彼女はまっすぐ二階に急いだ
elle craignait de rencontrer la vraie Mary Ann
彼女は本当のメアリー・アンに会えるかもしれないと心
配していました
parce qu'alors elle serait chassée de la maison
なぜなら、そうすれば彼女は家から追い出されるからで
す
et elle ne pourrait pas trouver l'éventail de plumes et les
gants
そして、彼女は羽根の扇子と手袋を見つけることができ
ません
Alice s'était frayé un chemin dans une petite pièce bien
rangée
アリスは整頓された小さな部屋にたどり着きました
Dans la pièce, il y avait une table près de la fenêtre
部屋には窓際のテーブルがありました
et sur la table, il y avait un éventail de plumes

そしてテーブルの上には羽根扇子がありました
et il y avait deux ou trois paires de petits gants blancs
そして、小さな白い手袋が二、三組ありました
Elle ramassa l'éventail en plumes et une paire de gants
彼女は羽根扇子と手袋を拾い上げた
et elle allait quitter la pièce
そして、彼女はちょうど部屋を出ようとしていました
mais alors ses yeux tombèrent sur une petite bouteille
しかし、その時、彼女の目は小さな瓶に落ちました
Elle déboucha la bouteille et la porta à ses lèvres
彼女はボトルの栓を抜いて唇に当てました
« J'espère que cela me fera redevenir grand »
「それがまた私を大きくしてくれることを願っています
」
« J'en ai marre d'être une toute petite chose ! »
「こんなにちっぽけなものにうんざりだ！」
Alice avait à peine bu la moitié de la bouteille
アリスはボトルの半分をほとんど飲んでいませんでした
Sa tête était déjà appuyée contre le plafond
彼女の頭はすでに天井に押し付けられていた
et elle dut se baisser
そして彼女は身をかがめなければなりませんでした
pour sauver son cou d'être brisé
彼女の首が折れるのを防ぐために
Elle posa précipitamment la bouteille
彼女は急いでボトルを置いた
« C'est bien assez »
「もう十分だ」
« J'espère que je ne grandirai plus »
「もう成長しないといいなぁ」
Hélas! Il était trop tard pour souhaiter cela !
あああ！それを望むには遅すぎました！
Elle n'a cessé de grandir
彼女は成長し続けました
et très vite elle dut s'agenouiller sur le sol
そしてすぐに彼女は床にひざまずかなければなりません

でした
Et même alors, elle a continué à grandir
そして、それでも彼女は成長し続けました
Comme dernière ressource, elle passa un bras par la fenêtre
最後の手段として、彼女は片腕を窓から出した
et elle mit un pied dans la cheminée
そして、片足を煙突に上げました
« Maintenant, je ne peux plus faire, quoi qu'il arrive »
「もうこれ以上は何もできない、何が起ころうとも」
« Que vais-je devenir ? »
「私はどうなるの?」

Alice a eu un peu de chance
アリスは運が良かった
La petite bouteille magique avait fait son plein effet
小さな魔法の瓶は、その完全な効果を発揮していた
et Alice ne grandit pas plus qu'elle n'était
そしてアリスは彼女よりも大きくはなりませんでした
Au bout de quelques minutes, elle entendit une voix à
l'extérieur
数分後、彼女は外で声を聞いた

et elle s'arrêta pour écouter la voix
そして彼女は立ち止まって声に耳を傾けた
« Mary Ann ! Mary Ann ! dit la voix
「メアリー・アン!メアリー・アン!」と声が言った
« Apporte-moi mes gants tout de suite ! »
「今すぐ手袋を持ってきて!」
Puis vint un petit claquement de pieds dans l'escalier
その時、階段で足が少しパタパタと音を立てる音がした
Alice savait que c'était le lapin qui venait la chercher
アリスは、ウサギが自分を探しに来ているのだと知って
いました
et elle trembla jusqu'à faire trembler la maison
そして彼女は家を揺さぶるまで震えました
elle oublia tout à fait quelles étaient ses proportions
彼女は自分のプロポーションが何だったかをすっかり忘
れていました
Elle était mille fois plus grosse que le lapin
彼女はウサギの千倍も大きかった
et elle n'avait aucune raison d'avoir peur d'un lapin
そして、ウサギを恐れる理由はありませんでした
Bientôt le lapin s'approcha de la porte
やがてウサギが戸口にやって来ました
et le petit lapin essaya d'ouvrir la porte
そして小さなウサギはドアを開けようとしました
La porte a commencé à s'ouvrir vers l'intérieur
ドアが内側に開き始めました
mais le coude d'Alice était fortement appuyé contre la porte
でもアリスの肘はドアに強く押し付けられていました
Cette tentative s'est avérée un échec
その試みは失敗を証明しました
Alice entendit le lapin se parler à lui-même
アリスはウサギが独り言を言うのを聞いた
« Ensuite, je vais faire le tour et entrer par la fenêtre »
「じゃあ、窓から入るよ」
« Que tu ne le feras pas ! » pensa Alice
「そんなことないよ!」とアリスは思いました

Et elle attendit encore un peu
そして彼女は再び少し待った
Bientôt, elle entendit le lapin juste sous la fenêtre
すぐに彼女は窓のすぐ下でウサギの声を聞いた
Elle étendit soudain la main
彼女は突然手を広げた
et elle fit une prise en l'air
そして彼女は空中でひったくりをしました
Elle n'a rien attrapé
彼女は何も持っていませんでした
mais elle entendit un petit cri et une chute
しかし、彼女は小さな悲鳴と転倒を聞いた
et elle entendit un fracas de verre brisé
そして、ガラスが割れる音が聞こえた
Peut-être le lapin était-il tombé
もしかしたらウサギが落ちてしまったのかもしれない
Peut-être était-il dans une serre
もしかしたら、彼は温室にいたのかもしれません
Puis vint une voix en colère ; La voix du lapin
次に怒った声が聞こえました。ウサギの声
« Pat, où es-tu ? »
「パット、どこにいるの?」
Et puis vint une voix qu'elle n'avait jamais entendue
auparavant
そして、今まで聞いたことのない声が聞こえてきた
« Votre honneur, je suis là ! »
「閣下、私はここにいます!」
« Je creuse pour trouver des pommes »
「りんごを掘ってる」
« Ici ! Venez m'aider à m'en sortir !
「ここだ!助けに来て!」
« Maintenant, dis-moi, Pat, qu'est-ce qu'il y a dans la fenêtre
? »
「さあ、パット、窓に何があるの?」
« Bien sûr, Votre Honneur, je vais vous le dire »
「もちろんです、あなたの名誉のために、私はあなたに

言います」
« C'est un bras qui est dans la fenêtre ! »
「窓にぶつかった腕だよ！」
« Eh bien, un bras n'a rien à faire là-bas »
「まあ、腕には関係ない」
« Va et enlève le bras ! »
「行って腕を離しろ！」
Il y eut un long silence après cela
この後、長い沈黙が流れました
et Alice n'entendait que des chuchotements de temps en temps
そしてアリスは時々ささやくことしか聞こえませんでした
et enfin elle étendit de nouveau la main
そしてついに彼女は再び手を広げました
et elle fit une autre arrachée dans les airs
そして彼女は空中で別のひったくりをしました
Cette fois, il y eut deux petits cris
今度は小さな叫び声が二つありました
et il y avait d'autres bruits de verre brisé
そして、ガラスが割れる音も増えました
« Je me demande ce qu'ils vont faire ensuite ! » pensa Alice
「次は何をするんだろうね！」とアリスは思いました
« J'aimerais qu'ils me tirent par la fenêtre »
「窓から引っ張り出してくれたらいいのに」
Elle attendit un certain temps
彼女はしばらく待った
Mais pendant un moment, elle n'entendit plus rien
しかし、しばらくの間、彼女はそれ以上何も聞いていなかった
Enfin, il y eut un grondement de petites roues
とうとう小さな車輪の音が鳴り響きました
et il y eut le son d'un bon nombre de voix
すると、たくさんの声が聞こえてきました
Toutes les voix parlaient ensemble
すべての声が一緒に話していた

Elle pouvait distinguer certaines des paroles
彼女はいくつかの単語を聞き取ることができた
« Où est l'autre échelle ? »
「もうひとつのはしごはどこだ?」
« Bill a l'autre échelle »
「ビルはもうひとつのはしごを持ってる」
« Bill, viens ici ! »
「ビル、こっちに来て!」
« Le toit va-t-il supporter le fardeau ? »
「屋根は荷物に耐えられるの?」
« Qui veut descendre par la cheminée ? »
「誰が煙突を降りたいの?」
— Non, je ne le ferai pas ! Vous le faites !
「いや、そんなことはしないよ!やるぞ!」
« Tiens, Bill ! »
「ほら、ビル!」
« Le maître dit qu'il faut descendre par la cheminée ! »
「ご主人様が煙突を降りろって言ってるよ!」
Alice descendit son pied aussi loin qu'elle le put dans la cheminée
アリスは足をできるだけ煙突の下に引きました
Et puis elle attendit de voir ce qui allait arriver
そして、何が来るのかを待っていました
Elle entendit un petit animal gratter et se débattre
彼女は小さな動物が引っ掻き、慌てる音を聞いた
Le petit animal doit être dans la cheminée
小動物は煙突の中にいるに違いない
Puis elle donna un coup de pied sec
それから彼女は鋭いキックを1回与えました
et elle attendit de voir ce qui allait se passer ensuite
そして、次に何が起こるのかを待っていました
Elle entendit un chœur général de voix
彼女は声の大合唱を聞いた
« Voilà Bill ! » dirent-ils tous
「ビル、行くぞ!」と全員が言った
Puis elle entendit la voix du lapin seule

それから彼女はウサギの声だけを聞いた
« Toi par la haie, attrape-le ! »
「生け垣のそばで、彼を捕まえろ!」
Il y eut un autre moment de silence
また一瞬の沈黙が訪れた
Et puis il y eut une autre confusion de voix
そして、また声が混乱しました
« Lève la tête, Brandy »
「彼の頭を上げて、ブランディ」
« Attention à ne pas l'étouffer »
「首を絞めないように気をつけて」
« Qu'est-ce qui t'est arrivé ? »
「君に何があったの?」
Enfin, une petite voix faible et grinçante est apparue
最後に少し弱々しい、きしむ声が聞こえた
« Eh bien, je n'en sais presque pas plus »
「まあ、もうほとんどわからない」
« merci à tous, je vais mieux maintenant »
「みんなありがとう、今は良くなった」
« il y a une chose dont je peux me souvenir »
「覚えていることが1つある」
« Quelque chose vient à moi comme un train dans un
tunnel »
「トンネルの中の列車のように何かが私に襲いかかる」
« Et je vole comme une fusée ! »
「そして、私はロケットのように飛ぶ!」
Il y eut une minute ou deux de silence
一分か二分の沈黙が続いた
puis ils ont recommencé à se déplacer
そして、彼らは再び動き始めました
et Alice entendit de nouveau le Lapin parler
そしてアリスはウサギが再び話すのを聞きました
« Une brouette fera l'affaire, pour commencer »
「そもそも、バローフルでいい」
« Une brouette pleine de quoi ? » pensa Alice
「手押し車一杯なの?」とアリスは思いました

Mais elle ne fut pas tenue en suspens longtemps
しかし、彼女は長くは不安に陥りませんでした
Une pluie de petits cailloux est passée par la fenêtre
小さな小石のシャワーが窓から入ってきました
et quelques petits cailloux l'ont frappée au visage
そして、小さな小石の一部が彼女の顔に当たった
Alice fut surprise par les petits cailloux
アリスは小さな小石に驚いた
Tous les petits cailloux se transformaient en gâteaux
小さな小石はすべてケーキに変わっていました
et une idée lumineuse lui vint à l'esprit
そして、彼女の頭に良いアイデアが浮かびました
« Je devrais manger un de ces gâteaux »
「このケーキを一つ食べよう」
« Le gâteau ne manquera pas de faire changer ma taille »
「ケーキはきっと私のサイズに何か変更を加えます」
Alors elle a avalé l'un des gâteaux
それで彼女はケーキの一つを飲み込みました
et elle fut ravie de constater qu'elle commençait à rétrécir
そして、彼女は自分が縮み始めたことを知って喜んでい
ました
Bientôt, elle fut assez petite pour franchir la porte
すぐに彼女はドアを通り抜けられるほど小さくなりまし
た
Elle s'est enfuie de la maison
彼女は家を飛び出しました
Une foule de petits animaux et d'oiseaux attendaient dehors
外では小動物や鳥の群れが待っていました
tous les petits oiseaux et les petits animaux se précipitèrent
sur Alice
すべての小鳥や動物がアリスに殺到しました
Mais elle s'enfuit aussi vite qu'elle le put
しかし、彼女は全速力で走り去った
et bientôt elle se trouva en sécurité dans un bois épais
そしてすぐに、彼女は深い森の中で安全であることに気
づきました

Alice errait dans les bois
アリスは森の中をさまよった
Et elle pensa en elle-même :
そして彼女は心の中で考えました。
« Je sais ce que je dois faire en premier »
「まず何をすべきかはわかっている」
« Je dois d'abord grandir à ma bonne taille »
「まず、再び適切なサイズに成長しなければならない」
« et puis je dois trouver mon chemin dans ce joli jardin »
「そして、あの美しい庭への道を見つけなければならない」
« Je suppose que je devrais manger ou boire quelque chose ou autre »
「何か食べたり飲んだりすべきだと思う」
« Mais la question est de savoir ce que je dois manger ou boire ? »
「しかし、問題は、何を食べたり飲んだりすべきかということです。」
Alice regarda tout autour d'elle les fleurs
アリスは周りの花を見回しました
et elle regarda à travers les brins d'herbe
そして彼女は草の葉を通して見ました
mais elle ne voyait rien à manger ni à boire
しかし、彼女は食べたり飲んだりするものを見つけることができませんでした
Rien ne semblait être la bonne chose à manger ou à boire
食べたり飲んだりするのに適切なもののようには見えませんでした
Il y avait un gros champignon qui poussait près d'elle
彼女の近くには大きなキノコが生えていました
le champignon était à peu près de la même taille qu'Alice
キノコはアリスと同じくらいの高さでした
Elle s'étira sur la pointe des pieds
彼女はつま先立ちで体を伸ばした
Et elle jeta un coup d'œil par-dessus le bord du champignon
そして彼女はキノコの端から覗きました

Ses yeux rencontrèrent immédiatement les yeux d'une
grande chenille bleue
彼女の目はすぐに大きな青い毛虫の目と合った
La chenille était assise sur le sommet du champignon
毛虫はキノコの上に座っていました
et la chenille avait croisé tous ses bras
そして、毛虫は彼のすべての腕を交差させていました
et il fumait tranquillement un long narguilé
そして彼は静かに長い水タバコを吸っていました
et il ne faisait pas la moindre attention à rien
そして、彼は何にも気にも留めませんでした
et il n'a certainement pas fait attention à Alice
そして彼は確かにアリスに注意を払っていませんでした

Les conseils d'une chenille
キャタピラからのアドバイス

Finalement, la chenille a retiré le narguilé de sa bouche
とうとう毛虫は水タバコを口から取り出しました
et il s'adressa à Alice d'une voix languissante et endormie
そして、物憂げで眠そうな声でアリスに話しかけました
« Qui es-tu ? » demanda la chenille
「お前は誰だ?」と毛虫は言いました

**Alice a répondu, plutôt timidement : « Je sais à peine,
monsieur. »**
アリスは、やや恥ずかしそうに、「ほとんどわかりません」と答えました。
« Juste pour le moment, c'est un peu... »
「今のところ、それはすべて少し...」
« Je sais qui j'étais quand je me suis levé ce matin" »
「今朝起きたときの自分が誰だったか知っています」
« mais je pense que j'ai dû changer plusieurs fois depuis »
「でも、あれから何回か変わったんじゃないかな」
« Qu'est-ce que tu veux dire par là ? » dit la chenille
「それはどういう意味ですか?」と毛虫は言いました

sévèrement, la chenille lui demanda de s'expliquer
キャタピラは厳しく彼女に説明を求めました
– Je ne peux pas m'expliquer, j'en ai peur, monsieur, dit
Alice
「自分では説明できないの、怖いの」とアリスは言いま
した
« parce que je ne suis pas moi-même »
「だって僕は僕じゃないから」
« Vous voyez, être de tant de tailles différentes en une
journée, c'est très déroutant »
「ほら、一日にたくさんの異なるサイズがあると、とて
も混乱します」
Elle se redressa et dit très gravement :
彼女は立ち上がり、非常に重々しく言いました。
« Je pense que tu devrais me dire qui tu es, en premier »
「まず、自分が何者なのか教えるべきだと思う」
« Pourquoi ? » demanda la chenille
「どうして?」と毛虫は言いました
Alice ne voyait aucune bonne raison
アリスは正当な理由を思いつくことができませんでした
et la chenille semblait être dans un état d'esprit très
désagréable
そして、毛虫は非常に不快な精神状態にあるように見え
ました
alors elle s'en retourna
だから彼女は背を向けた
« Reviens ! » la chenille l'appela
「戻ってこい!」毛虫が彼女を呼びました
« J'ai quelque chose d'important à dire ! »
「大事なことがあるんだ!」
Alice se retourna et revint
アリスは振り返って、また戻ってきた
« Garde ton sang-froid », dit la chenille
「気を抜かないように」と毛虫は言いました
– C'est tout ? dit Alice
「それだけ?」とアリスは言った

Et elle ravala sa colère de son mieux
そして彼女はできる限り怒りを飲み込んだ
« Non, » dit la chenille
「いや」と毛虫は言いました
La chenille déplia ses bras
キャタピラは腕を広げた
Et il retira le narguilé de sa bouche
そして彼は再び水タバコを口から取り出しました
et il a dit : « Vous pensez donc que vous avez changé, n'est-ce pas ? »
そして彼は言いました、「それで、君は自分が変わったと思っているのか?」
— J'ai peur, je suis changée, monsieur, dit Alice
「怖いわ、変わってしまったの」とアリスは言いました
« Je ne me souviens plus des choses comme je m'en souvenais »
「昔覚えていたことを覚えられなくて」
« et je ne reste pas plus de dix minutes de la même taille ! »
「それに、同じサイズで10分以上もいられないんだよ!」
« Quelle taille veux-tu faire ? » demanda la chenille
「どのくらいのサイズになりたいの?」と毛虫は尋ねました
— Oh, ma taille ne me dérange pas particulièrement, répondit vivement Alice
「ああ、僕がどんなサイズでもいいんだよ」とアリスは急いで答えた
« Je n'aime pas changer de taille si souvent, vous savez »
「サイズを頻繁に変えるのは好きじゃないんだよ」
« J'aimerais être un peu plus grand, monsieur »
「もう少し大きくなりたいのですが、先生」
— Si cela ne vous dérange pas, ajouta Alice
「もしよろしければ」とアリスは付け加えました
« Dix centimètres, c'est une taille si misérable »
「10センチというのは、とても悲惨な高さです」
« C'est une très bonne hauteur en effet ! » dit la chenille avec

colère
「なかなかいい高さだね!」と毛虫は怒って言いました
et il se redressa tout en parlant
そして彼は話しながら直立しました
Il mesurait exactement dix centimètres de haut
彼の身長はちょうど10センチでした
Au bout d'une minute ou deux, la chenille s'est détachée du champignon
1分か2分で、毛虫はキノコから降りました
et il s'enfonça en rampant dans l'herbe
そして彼は草むらに這い去った
En s'éloignant, il fit quelques petites remarques
彼が去るとき、彼はいくつかの小さな発言をしました
« Un côté vous fera grandir »
「片面が背を伸ばす」
« Et l'autre côté te fera rapetisser »
「そして、その向こう側はあなたを背が低くする」
« Un côté de quoi ? » pensa Alice en elle-même
「一面はどうなの?」とアリスは心の中で思いました
« L'autre côté de quoi ? »
「その向こう側は?」
« Le côté du champignon », dit la chenille
「キノコの側面だ」と毛虫は言いました
C'était comme si elle avait posé sa question à haute voix
それはまるで彼女が声に出して質問したかのようだった
et un instant plus tard, il fut hors de vue
そして次の瞬間、彼は見えなくなってしまいました
Alice resta pensivement à regarder le champignon
アリスは思慮深くキノコを見つめたままでした
Elle essayait de distinguer quels étaient les deux côtés du champignon
彼女はキノコの両面がどちらであるかを確かめようとしていました
Enfin, elle étendit ses bras autour du champignon
とうとう彼女はキノコに腕を伸ばしました
Et elle cassa un peu les bords

そして、彼女は端を少し折った
« Et maintenant, de quel côté est-ce ? » se dit-elle
「さて、どちらがどちら側なの?」彼女は自分に言い聞かせました
et elle grignota un peu du mors de la main droite
そして、彼女は右手のビットを少しかじった
L'instant d'après, elle sentit un violent coup sous son menton
次の瞬間、彼女は顎の下に激しい打撃を感じた
Son menton avait heurté son pied !
彼女の顎が彼女の足に当たっていた!
Elle fut bien effrayée par ce changement très soudain
彼女はこの突然の変化にかなり怯えていました
Elle rétrécissait très rapidement
彼女は非常に急速に縮小していました
Alors elle a rapidement mangé un peu de l'autre morceau de champignon
それで彼女はすぐに他のマッシュルームを食べました
Son menton était très serré contre son pied
彼女の顎は彼女の足に非常に密着して押し付けられていました
Il y avait à peine de la place pour ouvrir la bouche
彼女の口を開く余地はほとんどなかった
mais elle parvint enfin à ouvrir la bouche
しかし、彼女はついに口を開くことができました
et elle avala un morceau du mors de la main gauche
そして彼女は左手のビットを一口飲み込んだ
« Ma tête a enfin été libérée ! » dit Alice
「やっと頭が解放されたの!」とアリスは言いました
Elle baissa les yeux sur elle-même
彼女は自分自身を見下ろした
mais tout ce qu'elle pouvait voir, c'était une immense longueur de cou
しかし、彼女が見ることができたのは、巨大な首の長さだけだった
Son cou semblait se dresser comme une tige

彼女の首は茎のように立ち上がっているように見えました

et elle baissa les yeux sur une mer de feuilles vertes
そして、緑の葉の海を見下ろしました
« Où sont passées mes épaules ? »
「私の肩はどこに行ったの?」
« Et oh, mes pauvres mains, comment se fait-il que je ne puisse pas vous voir ? »
「そして、ああ、私のかわいそうな手、どうしてあなたに会えないのですか?」
Mais son cou avait un avantage
しかし、彼女の首には1つの利点がありました
Elle pouvait bouger la tête dans n'importe quelle direction
彼女は頭をどの方向にも動かすことができました
En fait, elle était comme un serpent
実際、彼女はまさに蛇のようでした
Elle zigzague gracieusement, la tête baissée
彼女は優雅に頭をジグザグに下げました
et elle remua la tête à travers les arbres
そして彼女は木々の間を頭を動かしました
Mais elle entendit alors un sifflement aigu
しかし、その時、彼女は鋭いシューという音を聞いた
Et elle tira rapidement la tête en arrière
そして彼女はすぐに頭を後ろに引いた
Un gros pigeon lui avait volé au visage
大きな鳩が彼女の顔に飛び込んできた
et le pigeon était violemment avec ses ailes
そして鳩は激しく翼を振っていました

« Serpent ! » cria le pigeon
「蛇だ!」と鳩は叫んだ
« Je ne suis pas un serpent ! » dit Alice avec indignation
「私は蛇じゃない!」とアリスは憤慨して言いました
« Laisse-moi tranquille ! »
「ほっとって!」
« J'ai essayé les racines des arbres »
「木の根をやってみた」
— Et j'ai essayé des haies, continua le pigeon
「そして、生け垣を試したことがある」と鳩は続けました
« Mais ces serpents ! Il n'y a pas moyen de leur plaire !
「でも、あの蛇たち!彼らを喜ばせるものはありません!」
Alice était de plus en plus perplexe
アリスはますます困惑しました
« Comme si ce n'était pas assez compliqué de faire éclore les œufs », a déclaré le pigeon

「まるで卵を孵化させるのに苦労していなかったかのように」と鳩は言いました
« Nuit et jour, je dois aussi faire attention aux serpents ! »
「夜も昼も、蛇にも気をつけなきゃ!」
« Je venais de trouver l'arbre le plus haut de la forêt »
「ちょうど森で一番高い木を見つけたんだ」
« Je serais sûrement libre des serpents ici ? »
「きっと、ここでは蛇から解放されるのだろうか?」
« Et un serpent sort du ciel ! »
「そして、空から蛇が出てくる!」
« Mais je ne suis pas un serpent, je vous le dis ! » dit Alice
「でも、私は蛇じゃないよ、言っちゃうよ!」とアリスは言いました
"Je suis un... Je suis un... Je suis une petite fille, ajouta-t-elle d'un air un peu dubitatif
「私は．．．私は．．．私は小さな女の子です」彼女はかなり疑わしそうに付け加えた
Après tout, elle avait traversé beaucoup de changements
結局、彼女は多くの変化を経験してきたのです
« Tu cherches des œufs », dit le pigeon
「卵を探しているんだね」と鳩は言いました
« Je le sais pertinemment »
「それは事実として知っています」
« Et qu'importe que vous soyez une petite fille ou un serpent ? »
「それで、あなたが小さな女の子であろうと蛇であろうと、何が問題なの?」
— Cela m'importe beaucoup, dit Alice à la hâte
「それは私にとってとても重要なことなの」とアリスは急いで言いました
« mais je ne cherche pas d'œufs, en l'occurrence »
「でも、たまたま卵を探しているわけじゃない」
« et je ne voudrais pas de tes œufs de toute façon »
「とにかく君の卵は欲しくない」
« Je n'aime pas mes œufs crus »
「生の卵が好きじゃない」

« Eh bien, allez-vous-en ! » dit le pigeon d'un ton boudeur
「じゃあ、行け!」鳩は不機嫌そうな口調で言いました
et le pigeon se posa de nouveau dans son nid
そして鳩は再び巣に落ち着きました
Alice s'accroupit parmi les arbres du mieux qu'elle put
アリスはできるだけ木々の間にしゃがみ込んだ
Son cou ne cessait de s'emmêler parmi les branches
彼女の首は枝に絡まり続けていた
De temps en temps, elle devait s'arrêter et se tordre le cou
時々、彼女は立ち止まって首のねじれを解かなければな
りませんでした
Au bout d'un moment, elle se souvint du champignon
しばらくして、彼女はキノコを思い出しました
Elle tenait toujours les morceaux de champignon dans ses
mains
彼女はまだキノコのかけらを手に持っていた
et elle se mit à l'œuvre avec beaucoup de soin
そして、彼女は非常に慎重に仕事に取り掛かりました
D'abord, elle a grignoté un morceau
まず、彼女は一枚をかじった
puis elle grignota l'autre morceau
そして、彼女はもう一片をかじった
Parfois, elle grandissait
時々彼女は背が高くなりました
et parfois elle devenait plus petite
そして時々彼女は短くなりました
Mais finalement, elle a atteint sa taille habituelle
しかし、ついに彼女はいつもの身長に達しました
Elle n'avait pas été de sa taille depuis un certain temps
彼女はしばらくの間、自分の背丈ではなかった
Tout m'a semblé étrange pendant un moment
だから、しばらくの間、すべてが奇妙に感じられました
« La prochaine chose à faire est d'entrer dans ce beau
jardin »
「次にやるべきことは、あの美しい庭園に入ることだ」
« Comment cela se fera-t-il, je me demande ? »

「それはどういうことだろうと思うけど?」
En disant cela, elle tomba sur un endroit ouvert
そう言っていると、開けた場所に出くわしました
Il y avait une petite maison, un peu plus haute qu'un mètre
1メートルより少し高いところに小さな家がありました
« Je me demande qui habite cette petite maison »
「この小さな家には誰が住んでいるのだろう」
« Je ne peux certainement pas y aller aussi grand que je le suis »
「確かに、こんなに大きくは入れない」
« Je les effrayerais terriblement ! »
「私は彼らをひどく怖がらせます!」
alors elle grignota à nouveau le petit champignon
それで彼女は再び小さなキノコをかじりました
et bientôt elle s'abaissa de trente centimètres
そしてすぐに彼女は自分自身を30センチ下に下げました

Un cochon et du poivre
豚とコショウ

Pendant une minute ou deux, elle resta à regarder la maison
一分か二分、彼女は立って家を見つめていた

Soudain, un valet de pied sortit en courant des bois
突然、一人のフットマンが森から走って出てきた

Il portait un uniforme de livrée spécial
彼は特別な制服を着ていました

à en juger par son seul visage, elle l'aurait traité de poisson
彼の顔だけで判断すると、彼女は彼を魚と呼んだでしょう

et il frappa bruyamment à la porte avec ses jointures
そして彼は拳でドアを大声で叩いた

La porte fut ouverte par un autre valet de pied
ドアは別のフットマンによって開けられました

Ce valet de pied portait également une livrée spéciale
このフットマンも特別な服を着ていました

Ce valet de pied avait un visage rond et de grands yeux comme une grenouille
このフットマンは丸い顔とカエルのような大きな目をしていました

C'est le valet de pied qui ressemblait à un poisson qui a
initié la cérémonie
魚のような姿をしたフットマンが儀式を始めました
Il sortit quelque chose de sous son bras
彼は脇の下から何かを取り出した
et il tira de dessous son bras une enveloppe
そして彼は腕の下から封筒を取り出した
et cette enveloppe, il la remit à l'autre valet de pied
そして、この封筒をもう一人のフットマンに手渡しました

D'un ton cérémoniel, il lui donna les ordres
彼は儀式的な口調で命令を告げた
« Ce message s'adresse à la duchesse »
「このメッセージは公爵夫人向けです」
« Une invitation de la reine à jouer au croquet »
「女王からのクロケット遊びへの招待」
Le valet de pied qui ressemblait à une grenouille répéta
l'ordre
カエルのような見た目のフットマンが命令を繰り返した
« De la reine »
「女王陛下より」
« Une invitation »
「招待状」
« pour la duchesse »
「公爵夫人のために」
« Jouer au croquet »
「クロケット遊び」
Puis ils s'inclinèrent tous les deux
それから二人は低くお辞儀をした
et les boucles de leurs perruques s'emmêlèrent
そして、彼らのかつらのカールが絡まりました
Bientôt, le valet de pied qui ressemblait à un poisson a
disparu
すぐに魚のように見えたフットマンは消えました
Mais le valet de pied qui ressemblait à une grenouille était
toujours là

でも、カエルのようなフットマンはまだそこにいました
Il était assis par terre près de la porte
彼はドアの近くの地面に座っていました
Il regardait bêtement le ciel
彼は愚かにも空を見上げていた
Alice s'approcha timidement de la porte et frappa
アリスはおそるおそるドアのところまで行き、ノックし
ました
— Il ne sert à rien de frapper, dit le valet de pied
「ノックしても無駄だ」とフットマンは言った
« Et ce, pour deux raisons »
「それには2つの理由があります」
« D'abord, parce que je suis du même côté de la porte que
toi »
「まず、僕は君と同じドアの側にいるから」
« Deuxièmement, parce qu'ils font tellement de bruit à
l'intérieur »
「第二に、彼らは中でとても騒いでいるからです」
« Personne ne pouvait vous entendre »
「君の声が誰にも聞こえない」
Et il y avait certainement un bruit des plus extraordinaires à
l'intérieur
そして、その中では確かに最も異常な騒音が起こってい
ました
des hurlements et des éternuements constants
絶え間ない遠吠えとくしゃみ
et de temps en temps un bruit de grand fracas
そして時折、大きな衝突音がします
comme si un plat ou une bouilloire avait été brisé en
morceaux
まるで皿ややかんが粉々に砕けたかのように
« Comment vais-je entrer ? » demanda Alice
「どうやって入ればいいの?」とアリスは尋ねました
— Faut-il que tu entres ? dit le valet de pied
「そもそも乗るべきですか?」とフットマンは言った
« C'est la première question, vous savez »

「それが最初の質問だよ」
Alice ouvrit la porte et entra
アリスはドアを開けて中に入った
La porte menait directement à une grande cuisine
ドアは大きなキッチンに通じていました
La cuisine était pleine de fumée d'un bout à l'autre
台所は端から端まで煙でいっぱいでした
au milieu de la cuisine se trouvait la duchesse
台所の真ん中には公爵夫人がいました
Elle était assise sur un tabouret à trois pieds
彼女は3本足のスツールに座っていました
et elle allaitait un bébé
そして彼女は赤ん坊を授乳していました
Le cuisinier était penché au-dessus du feu
コックは火に身を乗り出していました
Il remuait un grand chaudron
彼は大きな大釜をかき混ぜていました
et le chaudron semblait être plein de soupe
そして、大釜はスープでいっぱいになっているようでした
« Il y a certainement trop de poivre dans cette soupe ! » Alice se dit
「あのスープには確かにコショウが多すぎます!」アリスは自分に言い聞かせました
Elle l'a dit du mieux qu'elle a pu sans éternuer
彼女はくしゃみをせずにできる限りそれを言いました
Même la duchesse éternuait de temps en temps
公爵夫人でさえ、時折くしゃみをしました
Mais les actions du bébé étaient les plus remarquables
しかし、赤ちゃんの行動は最も注目に値しました
Le bébé éternuait et hurlait alternativement
赤ちゃんはくしゃみと吠えを交互にしていました
Il n'y avait pas un instant de pause entre les hurlements et les éternuements
吠え声とくしゃみの間に一瞬たりとも休むことはなかった

Il y avait deux créatures dans la cuisine qui n'éternuaient pas
キッチンにはくしゃみをしない生き物が2匹いました
Le cuisinier était trop occupé pour éternuer
コックは忙しくてくしゃみをする余裕がなかった
et le gros chat ne semblait pas se soucier du poivre
そして、大きな猫はコショウを気にしていないようでした
Au lieu de cela, le gros chat souriait d'une oreille à l'autre
それどころか、大きな猫は耳から耳までニヤニヤしていました
— Pourriez-vous me le dire, s'il vous plaît, dit Alice un peu timidement
「教えてもらえませんか」とアリスは少しおそるおそる言いました
« Pourquoi ton chat sourit-il comme ça ? »
「どうして猫はあんなにニヤニヤしているの?」
« C'est un Cheshire-Cat, » dit la duchesse
「チェシャーキャットです」と公爵夫人は言いました
« Et c'est pourquoi il sourit d'une oreille à l'autre »
「だから彼は満面の笑みを浮かべているんだ」
« Je ne savais pas qu'un Cheshire-Cat souriait toujours »
「チェシャーキャットがいつもニヤリと笑うなんて知らなかった」
« En fait, je ne savais pas que les chats pouvaient sourire », a déclaré Alice
「実は、猫がニヤニヤできるなんて知らなかった」とアリスは言いました
— Il y a beaucoup de choses que vous ne savez pas, dit la duchesse
「あなたが知らないことはたくさんあります」と公爵夫人は言いました
« Il y a beaucoup de choses que vous ne savez pas et c'est un fait »
「知らないことがたくさんあり、それが事実です」
Juste à ce moment-là, le cuisinier retira le chaudron de soupe

du feu

ちょうどその時、コックがスープの入った大釜を火から
下ろしました

et aussitôt, elle commença à jeter tout ce qui était à sa portée

そしてすぐに彼女は手の届くところにすべてを投げ始め
ました

elle jeta tout ce qu'elle put sur la duchesse et le bébé

彼女は公爵夫人と赤ん坊にできる限りのことを投げつけ
ました

D'abord, elle jeta les fers à feu

最初に彼女は火の鉄を投げました

Puis elle a jeté une poignée de casseroles

それから彼女は一握りの鍋を投げました

et enfin elle jeta les assiettes et les plats

そして最後に、彼女は皿と皿を投げました

La duchesse ne fit pas attention à elle

公爵夫人は彼女に気づかなかった

Même lorsqu'elle a été frappée par une assiette, elle ne s'est
pas inquiétée

皿に当たっても、彼女は心配しませんでした

Le bébé hurlait déjà tellement

赤ちゃんはもうあんなに吠えていました

Il était donc impossible de dire si les coups blessaient le
bébé ou non

だから、その打撃が赤ちゃんを傷つけたかどうかはわか
りませんでした

« Oh, je vous en prie, faites attention à ce que vous faites ! »
s'écria Alice

「ああ、どうか気をつけて!」とアリスは叫びました

et elle sautait de haut en bas dans une agonie de terreur

そして彼女は恐怖の苦しみで飛び跳ねました

la duchesse offrit le bébé à Alice

公爵夫人はアリスに赤ん坊を差し出しました

« Ici ! Tu peux allaiter un peu le bébé, si tu veux !

「ここだ!もしよろしければ、赤ちゃんを少し授乳して
もいいよ!」

et elle lui lança l'enfant tout en parlant
そして彼女は話しながら赤ん坊を投げつけた
« Je dois aller me préparer à jouer au croquet avec la reine »
「女王様と一緒にクロケットをする準備をしに行かなくちゃ」
et elle se hâta de sortir de la chambre
そして彼女は急いで部屋を出た
Alice attrapa le bébé avec quelque difficulté
アリスは赤ん坊を難なく捕まえました
parce que c'était une petite créature de forme très étrange
それはとても奇妙な形の小さな生き物だったからです
et l'enfant tendit les bras et les jambes dans toutes les directions
そして、赤ん坊は腕と脚を四方八方に差し出しました
« Je ferais mieux d'emmener cet enfant avec moi », pensa Alice
「この子を連れて行った方がいい」とアリスは思った
« Ils sont sûrs de tuer ce bébé dans un jour ou deux »
「彼らはきっとこの赤ん坊を一日か二日で殺すだろう」
« Ne serait-ce pas un meurtre de laisser ce bébé derrière soi ? »
「この赤ん坊を置き去りにするのは殺人じゃないの?」
Elle prononça les derniers mots à haute voix
彼女は最後の言葉を声に出して言った
Et la petite créature grogna en réponse
そして、小さなものは答えてうめき声を上げました
« Tu ferais mieux de ne pas te transformer en cochon, ma chère, » dit Alice
「豚に変身しないでね」とアリスは言った
« ou alors je n'aurai plus rien à faire avec toi »
「さもなければ、私はあなたとこれ以上何も関係がなくなるでしょう」
Alice commençait à peine à penser en elle-même :
アリスはちょうど考え始めていました。
« Maintenant, que vais-je faire de cette créature, quand je la ramène à la maison ? »

「さあ、この生き物を家に帰ったら、どうしたらいいの
?」
Mais alors la petite créature grogna un peu violemment
しかし、その時、その小さな生き物は少し激しくうめき
ました
et Alice baissa les yeux sur son visage avec une certaine
inquiétude
そしてアリスは何か驚いてその顔を見下ろしました
Cette fois, il ne pouvait y avoir d'erreur à ce sujet
今回は間違いないでしょう
Ce n'était ni plus ni moins qu'un cochon
それは豚以上でも以下でもありませんでした
alors elle déposa la petite créature
だから彼女は小さな生き物を下ろしました
et la petite créature s'éloigna tranquillement dans le bois
そして、小さな生き物は静かに森の中へ小走りで去って
いきました
Alice se sentit tout à fait soulagée de voir la créature partir
アリスは、その生き物が去っていくのを見て、とても安
心しました
Alice fut un peu surprise en voyant le Chat-Cheshire
アリスはチェシャーキャットを見て少しびっくりしまし
た
Il était assis sur une branche d'arbre à quelques mètres de là
それは数メートル離れた木の枝に座っていました
Le chat ne sourit que lorsqu'il la vit
猫は彼女を見てだけニヤリと笑った
« Chat du Cheshire », commença Alice un peu timidement
「チェシャーキャット」とアリスはやや臆病そうに話し
始めた
« Pourriez-vous s'il vous plaît me dire dans quelle direction
je dois aller à partir d'ici ? »
「ここからどちらに行けばいいのか教えてもらえますか
?」
« Dans cette direction », dit le chat
「その方向だ」と猫は言った

et il agita la patte droite
そして、それは右足を振り回しました
« C'est dans cette direction que vit un fabricant de chapeaux »
「その方向には帽子の職人が生きています」
puis le chat agita son autre patte
そして、猫はもう片方の足を振った
« Et dans cette direction vit un lièvre de marche »
「そして、その方向には三月うさぎが住んでいます」
« Visitez l'un ou l'autre de vos goûts ; Ils sont tous les deux fous"
「どちらかお好きなところにお越しください。二人とも狂ってる」
— Mais je ne veux pas aller parmi des fous, remarqua Alice
「でも、おかしい人たちの中には行きたくない」とアリスは言いました
« Oh, tu ne peux pas t'en empêcher, » dit le Chat
「ああ、それは仕方ないよ」と猫は言いました
« Nous sommes tous fous ici »
「私たちは皆、ここで怒っています」
« Tu joues au croquet avec la reine aujourd'hui ? »
「今日は女王とクロケットをしますか?」
— J'aimerais beaucoup, dit Alice
「とてもしたいです」とアリスは言いました
« mais je n'ai pas encore été invité »
「でも、まだ招待されてないんだ」
« Tu me verras là-bas », dit le Chat
「そこにいるよ」と猫は言いました
et d'un instant à l'autre le chat disparaissait
そして、ある瞬間から次の瞬間に猫は消えました
bientôt Alice arriva en vue de la maison du lièvre de marche
やがてアリスはうさぎの家が見えてきました
C'était une très grande maison
これはとても大きな家でした
alors Alice ne voulait pas s'approcher de la maison
だからアリスは家の近くに行きたくなかった

D'abord, elle a dû grignoter un peu plus du morceau de
champignon du côté gauche
まず、彼女は左側のキノコをもう少しかじらなければな
りませんでした

Un thé fou
狂ったお茶会

Devant la maison, il y avait un arbre
家の前には木がありました
et sous l'arbre, il y avait une table
そして木の下にはテーブルがありました
et la table était dressée avec toutes sortes de couverts
そして、テーブルにはあらゆる種類のカトラリーが置か
れていました
Le lièvre de mars et le chapelier étaient à table
三月うさぎと帽子職人がテーブルにいました
et ensemble ils prenaient le thé
そして、彼らは一緒にお茶を飲んでいました
Un loir était assis entre eux
ヤマネが二人の間に座っていました
et le loir dormait profondément
そしてヤマネはぐっすり眠っていました
La table était d'une taille extraordinaire
テーブルはとてつもなくの大きさでした
mais la majeure partie de la table était inoccupée
しかし、テーブルの大部分は空いていました
**Ils étaient assis serrés les uns contre les autres dans un coin
de la table**
彼らはテーブルの片隅にぎっしりと座っていました
et pourtant ils s'excusaient quand ils voyaient Alice
それでも、彼らはアリスを見ると言い訳をしました
« Pas de place ! Pas de place ! » crièrent-ils
「部屋がない!部屋がない!」と彼らは叫びました

« Il y a beaucoup de place ! » dit Alice avec indignation
「部屋はたっぷりあるよ!」とアリスは憤慨して言いま
した
À l'une des extrémités de la table, il y avait un grand
fauteuil
テーブルの一方の端には大きな肘掛け椅子がありました
et Alice s'assit dans le fauteuil
そしてアリスは肘掛け椅子に座りました
Le chapelier ouvrit de grands yeux
帽子職人は目を大きく見開いた
Il n'arrivait pas à croire ce qu'il voyait
彼は自分が見ているものが信じられませんでした
Mais son esprit était curieux d'autres choses
しかし、彼の心は他のことに興味を持っていました
« Pourquoi un corbeau est-il comme un bureau ? »
「なぜカラスは書き物机のようなものなの?」
Alice était prête à relever le défi
アリスは挑戦にオープンでした
« Je suis content qu'ils aient commencé à poser des
énigmes »
「なぞなぞを解き始めてよかった」
— Je crois que je peux le deviner, ajouta-t-elle à haute voix
「そう思うわ」彼女は声に出して付け加えた
Le lièvre de mars s'est curieux de connaître Alice
三月うさぎはアリスに興味を持ち始めました
« Pensez-vous vraiment que vous pouvez trouver la réponse
? »
「本当に答えが見つかると思っているの?」
— Je crois que je peux trouver la réponse, en effet, dit Alice
「確かに答えが見つかると思う」とアリスは言った
« Alors, tu devrais dire ce que tu veux dire », continua le
lièvre de marche
「じゃあ、言いたいことを言ってみてね」と、行進のウ
サギは続けました
— Je dis ce que je pense, répondit vivement Alice
「言いたいことは言ってるよ」とアリスは急いで答えま

した
« à tout le moins, je pense ce que je dis »
「少なくとも、私が言っていることは本気です」
« C'est la même chose, vous savez »
「それも同じだよね」
Le loir a également contribué à la conversation
ヤマネも会話に貢献しました
mais le loir semblait parler dans son sommeil
しかし、ヤマネは眠りの中で話しているように見えました
« Je respire quand je dors »
「寝るときは息をする」
« Je dors quand je respire ! »
「息をすると眠る！」
« Autant dire qu'ils sont les mêmes aussi »
「あなたも同じだと言った方がいいかもしれません」
« C'est la même chose pour toi », dit le chapelier
「あなたも同じです」と帽子職人は言いました
Et il versa un peu de thé sur le nez du loir
そしてヤマネの鼻に少しお茶を注ぎました
Le Loir secoua la tête avec impatience
ヤマネは苛立たしげに首を振った
et le loir parla de nouveau, sans ouvrir les yeux
そして再びヤマネは目を開けずに話しました
« Bien sûr, bien sûr que c'est la même chose »
「もちろん、もちろん同じです」
« C'est juste ce que j'allais dire moi-même »
「それは私が自分で言おうとしていたことです」

Le chapelier se tourna vers Alice et lui posa une autre question
帽子職人はアリスに向き直り、別の質問をしました
« As-tu déjà deviné l'énigme ? »
「もう謎を解いたの?」
« Non, j'abandonne », a concédé Alice
「いや、あきらめちゃう」とアリスは認めた
« Quelle est la réponse ? » voulait-elle savoir
「答えは?」彼女は知りたかった
— Je n'en ai pas la moindre idée, dit le chapelier
「私には少しもわからない」と帽子職人は言った
« Moi non plus, » dit le lièvre de marche
「私も知らない」と行進のうさぎは言いました
Alice poussa un soupir de lassitude
アリスは疲れたため息をついた
« Il y a de meilleures utilisations du temps que des énigmes sans réponses »
「答えのないなぞなぞよりも、時間の有効活用法がある
」
« Prends encore du thé », dit le lièvre de marche à Alice, très

sérieusement
「もう少しお茶を飲んでね」と、三月うさぎはアリスに
とても真剣に言いました
Alice était assez offensée par l'offre
アリスはその申し出にかなり気分を害しました
— Je n'ai pas encore pris de thé, répondit Alice
「まだお茶を飲んでないの」とアリスは答えました
« donc je ne peux plus prendre de thé »
「だからもうお茶は飲めない」
— Vous voulez dire que vous ne pouvez pas prendre moins
de thé, dit le chapelier
「お茶を飲む量を減らすことはできないということです
か」と帽子職人は言いました
« C'est très facile de prendre plus que rien »
「何もしないよりは、もっと簡単に取れる」
À ces mots, Alice se leva et s'en alla
すると、アリスは立ち上がって歩き出しました
Le loir s'endormit instantanément
ヤマネはすぐに眠りに落ちました
et ni l'un ni l'autre ne firent la moindre attention à son
départ
そして、他の二人も彼女が行くことに少しも気づかなか
った
bien qu'elle ait regardé en arrière une ou deux fois
彼女は一度や二度振り返ったが
Ils essayaient de mettre le loir dans la théière
彼らはヤマネをティーポットに入れようとしていました
« En tout cas, je n'y retournerai plus ! » dit Alice
「とにかく、もう二度とあそこには行かない!」とアリ
スは言いました。
et elle se fraya un chemin à travers les bois
そして彼女は森の中を歩いて行きました
« c'était le thé le plus stupide auquel j'aie jamais assisté »
「今まで行った中で最も愚かなお茶会だった」
Juste au moment où elle disait cela, elle remarqua quelque
chose

そう言ったとき、彼女は何かに気づきました
L'un des arbres avait une porte qui y menait directement
木の1本には、その中に入るドアがありました
« C'est très intéressant ! » a-t-elle pensé
「それはとても面白い!」と彼女は思いました
« Je pense que je peux aussi bien passer la porte »
「ドアを通った方がいいと思う」
Et elle passa par la porte
そして、彼女はドアを通って行きました
Une fois de plus, elle se retrouva dans le long couloir
彼女は再び長い廊下にいることに気づきました
de nouveau, elle était près de la petite table de verre
再び彼女は小さなガラスのテーブルの近くにいました
Elle prit la petite clé d'or
彼女は小さな金の鍵を取りました
et elle ouvrit la porte qui donnait sur le jardin
そして、庭に通じるドアの鍵を開けました
Puis elle s'est mise au travail pour grignoter le champignon
それから彼女はキノコをかじり始めました
Elle avait gardé un morceau du champignon dans sa poche
彼女はそのキノコの一部をポケットに入れていました
Et finalement, elle mesurait environ un mètre
そしてついに彼女の身長は約1メートルになりました
Puis elle descendit le petit couloir
それから彼女は小さな廊下を歩きました
Et puis elle s'est finalement retrouvée dans le magnifique
jardin
そして、ついに美しい庭に出ました
et elle était parmi les fleurs brillantes et les fontaines
fraîches
そして彼女は明るい花と涼しい噴水の中にいました

Le terrain de croquet de la reine
女王のクロケット場

Un grand rosier se dressait près de l'entrée du jardin
庭の入り口近くに大きなバラの木が立っていました
Les roses qui poussaient sur l'arbre étaient blanches
木に生えているバラは白かった
Mais il y avait trois jardiniers qui peignaient la rose
しかし、バラを塗る3人の庭師がいました
Ils étaient occupés à peindre les roses en rouge
彼らは忙しくバラを赤く塗っていました
et Alice les regardait peindre les roses en rouge
そしてアリスは、彼らがバラを赤く塗るのを見ていました
et soudain leurs yeux tombèrent par hasard sur Alice
そして突然、彼らの目がたまたまアリスに落ちました
Alice parlait un peu timidement
アリスは少しおずおずと話しました
« Pourriez-vous me le dire, s'il vous plaît ? »
「教えてもらえますか、お願いします」
« Pourquoi peignez-vous tous ces roses ? »
「なんでみんなあのバラを描いているの?」
cinq et sept ne dirent rien, mais regardèrent deux
五と七は何も言わず、二を見た
deux d'entre eux parlèrent à voix basse
二人は低い声で話した
— Eh bien, le fait est, voyez-vous, madame.
「なぜ、事実は、ご覧のとおり、マダム」
« Celui-ci aurait dû être un rosier rouge »
「これは赤いバラの木だったはずだ」
« Et nous avons mis un rosier blanc par erreur »
「そして、私たちは誤って白いバラの木を入れました」
« Comme vous en conviendrez, la reine ne doit pas le découvrir »
「君も同意するだろうが、女王陛下は見つけてはいけない」

« Sinon, nous aurions tous la tête tranchée »
「さもなければ、私たちは皆、首を切り落とされてしま
うでしょう」
« Alors vous voyez, madame, nous faisons de notre mieux »
「だからね、マダム、私たちは最善を尽くしています」
La cinquième carte avait regardé anxieusement à travers le
jardin
カード5は心配そうに庭を見渡していました
À ce moment, la cinquième carte cria : « La dame ! La reine !
この瞬間、カード5が叫びました。女王様!」
Et les trois jardiniers s'enfuirent aussitôt
そして、3人の庭師はすぐに急いで逃げました
et ils se jetèrent à plat ventre
そして、彼らは顔を伏せた
Il y eut un bruit de nombreux pas
たくさんの足音がしました
Alice regarda autour d'elle, impatiente de voir la reine
アリスは周りを見回して、女王に会いたくてたまりませ
んでした
Au début de la procession se trouvaient dix soldats
行列の始まりには10人の兵士がいました
leurs mains et leurs pieds étaient dans les coins
彼らの手と足は隅にありました
et dans leurs mains et leurs pieds étaient des massues
そして、彼らの手と足にはこん棒がありました
Venaient ensuite les dix courtisans
次に来たのは10人の廷臣たちです
Les courtisans étaient partout ornés de diamants
廷臣たちは全身にダイヤモンドで飾られていました
Après les courtisans sont venus les enfants royaux
廷臣たちの後には、王族の子供たちが来ました
Il y avait dix enfants royaux
王室の子供たちは10人いました
et tous les enfants royaux étaient ornés de cœurs
そして、すべての王の子供たちはハートで飾られていま
した

Venaient ensuite les invités ; principalement des rois et des reines
次に来たのはゲストでした。主に王と女王
et parmi les rois et la reine, Alice vit quelqu'un
そして、王様と女王様の間でアリスは誰かを見ました
Elle revit le lapin blanc qu'elle avait chassé
彼女は追いかけた白ウサギを再び見た
Le cortège était suivi par le valet de cœur
行列はハートの小片に続いた
Il portait la couronne du roi
彼は王冠を背負っていました
et la couronne du roi était sur un coussin de velours cramoisi
そして、王の王冠は真紅のベルベットのクッションの上にありました
Et puis vint la fin de ce grand cortège
そして、この大行列の終わりが来ました
Et là, à la fin, il y avait le Roi et la Reine de Cœur
そして最後には、ハートの王様と女王様がいました
le cortège arriva en face d'Alice
行列はアリスとは反対に来ました
et ils s'arrêtèrent tous et la regardèrent
そして、彼らは皆立ち止まって彼女を見た
et la reine dit sévèrement : « Qui est-ce ? »
するとお妃様は厳しく言いました、「これは誰だ?」
Elle l'a dit au Valet de Cœur
彼女はそれをハートのナイフに言った
Mais il s'est contenté de s'incliner et de sourire en réponse
しかし、彼はただお辞儀をして微笑んで答えた
Alice parla très poliment
アリスはとても丁寧に話しました
« Je m'appelle Alice, alors faites plaisir à Votre Majesté »
「私の名前はアリスです。陛下、お願いします」
Mais elle avait d'autres pensées pour elle-même
しかし、彼女は自分自身に別の考えを持っていました
« Ce n'est qu'un jeu de cartes, après tout ! »
「結局のところ、彼らはただのカードのパックです!」

« Savez-vous jouer au croquet ? » cria la reine
「クロケットができる?」と女王は叫びました
La question était évidemment destinée à Alice
その質問は明らかにアリスに向けられたものでした
— Oui ! dit Alice d'une voix forte
「うん!」アリスは大声で言った
« Venez jouer alors ! » rugit la reine
「じゃあ、遊びに来て!」女王は吠えました
une voix timide s'adressa à Alice
臆病な声がアリスに話しかけた
« C'est une très belle journée ! »
「とてもいい日ですね!」
Elle se promenait près du lapin blanc
彼女は白ウサギのそばを歩いていました
et le Lapin Blanc jetait un coup d'œil anxieux sur son visage
そして白ウサギは心配そうに彼女の顔を覗いていました
« Une très belle journée, en effet, confirma Alice
「本当にいい日ね」とアリスは確認しました
« Où est la duchesse ? »
「公爵夫人はどこだ?」
« Chut ! Chut ! dit le Lapin
「静かに!「静かに!」とウサギは言いました
« Elle est sous le coup d'une sentence d'exécution »
「彼女は死刑判決を受けている」
« Pourquoi est-elle exécutée ? » demanda Alice
「彼女は何のために処刑されているの?」とアリスは尋
ねた
« Elle a éraflé les oreilles de la reine », commença le lapin
「彼女は女王の耳を擦った」とウサギは話し始めた
cria la reine d'une voix de tonnerre
女王は雷鳴のような声で叫んだ
« Retournez à vos endroits ! »
「自分の場所に行け!」
et les gens se mirent à courir dans toutes les directions
そして、人々は四方八方に走り回り始めました
et ils tombèrent tous les uns contre les autres

そして、彼らは皆、互いにぶつかり合いました
Cependant, ils se sont calmés en une minute ou deux
しかし、彼らは1分か2分で落ち着きました
Et puis le jeu a commencé
そして、ゲームが始まりました
Alice n'avait jamais vu un terrain de croquet aussi curieux
アリスはこんなに不思議なクロケット場を見たことがな
かった
L'herbe n'était que crêtes et sillons
草は全部尾根と畝でした
Les boules de croquet étaient de vrais hérissons
クロケットボールは本物のハリネズミでした
Et les maillets étaient de vrais flamants roses
そして、木槌は本物のフラミンゴでした
et les soldats se tinrent sur leurs mains et leurs pieds
兵士たちは手足で立っていました
Parce que les arches ont été faites à partir de leurs corps
アーチは彼らの体から作られたからです
Les joueurs ont tous joué en même temps
プレイヤー全員が一度にプレイしました
Personne n'attendait son tour
誰も彼らの順番を待たなかった
et tout le monde se querellait avec tout le monde
そして、誰もが誰とでも喧嘩しました
et tous se battaient pour les hérissons
そして、全員がハリネズミのために戦っていました
Bientôt, la reine fut dans une colère furieuse
すぐに女王は激情しました
et elle s'est mise à piétiner et à crier
そして彼女は足を踏み鳴らし、叫び始めました
« Coupez-lui la tête ! »
「彼の頭を切り落とす!」
« Coupez-lui la tête ! »
「彼女の頭を切り落とす!」
« Coupez-leur la tête ! »
「奴らの頭を全部切り落とす!」

De nouveau, Alice pensa en elle-même
アリスはまたもや心の中で思いました
« Ils sont affreusement friands de décapiter les gens ici »
「彼らはここで人々を斬首するのが恐ろしいほど好きです」
« Ce qui est très étonnant, c'est qu'il reste quelqu'un en vie ! »
「素晴らしい驚きは、生き残った人がいるということです！」
Elle cherchait un moyen de s'échapper
彼女は何か逃げ道を探していました
Elle remarqua une curieuse apparition dans l'air
彼女は空中に奇妙な外観があることに気づきました
« C'est le chat du Cheshire », se dit-elle
「チェシャーキャットだ」と彼女は独り言を言いました
« maintenant j'aurai quelqu'un à qui parler »
「さあ、話し相手がいるよ」
« Comment vas-tu ? » dit le chat
「調子はどうだい?」と猫は言いました
« Je ne pense pas qu'ils jouent du tout équitablement », a déclaré Alice
「彼らが公平にプレーしているとはまったく思わない」とアリスは言った
et elle avait un ton plutôt plaintif
そして、彼女はかなり不平を言う口調をしていた
« Ils se querellent tous si affreusement »
「みんなひどく喧嘩する」
« On ne s'entend pas parler »
「自分の声が聞こえない」
« Et ils ne semblent pas jouer selon des règles »
「そして、彼らはどんなルールにも従わないように思えます」
le chat a posé une question à Alice à voix basse
猫は低い声でアリスに質問をしました
« Comment aimez-vous la reine ? »
「女王様はどうですか?」

— Je ne l'aime pas du tout, dit Alice
「あの子は全然好きじゃない」とアリスは言った

Alice pensa qu'elle ferait aussi bien d'y retourner
アリスは戻った方がいいと思った
Elle voulait voir comment le match se passait
彼女は試合がどうなっているかを見たかったのです
Elle est partie à la recherche de son hérisson
彼女はハリネズミを探しに出かけました
Le hérisson était occupé à combattre un autre hérisson
ハリネズミは別のハリネズミと戦うのに忙しかった
C'était une excellente occasion
これは素晴らしい機会でした
Elle pouvait croquer un hérisson avec l'autre
彼女は1匹のハリネズミをもう1匹でクロケットすること
ができました
Mais son flamant rose était de l'autre côté du jardin
しかし、彼女のフラミンゴは庭の反対側にいました
Le flamant rose était plutôt maladroit
フラミンゴはかなり不器用でした

Son flamant rose essayait de s'envoler dans un arbre
彼女のフラミンゴは木に飛んで行こうとしていました
Elle attrapa le flamant rose par la patte
彼女はフラミンゴの足をつかんだ
Et elle glissa le flamant rose sous son bras
そして彼女はフラミンゴを腕の下にしまい込みました
De cette façon, le flamant rose ne pouvait plus s'échapper
そうすれば、フラミンゴは二度と逃げられませんでした
Juste à ce moment-là, Alice rencontra la duchesse
ちょうどその時、アリスはたまたま公爵夫人に会った
La duchesse était maintenant sortie de prison
公爵夫人は今、刑務所から出ていました
Elle glissa affectueusement son bras sous celui d'Alice
彼女は愛情を込めてアリスの腕の下に腕を押し込んだ
puis ils sont partis ensemble
そして、彼らは一緒に歩き去りました
Alice était très heureuse de la trouver d'une humeur si agréable
アリスは、彼女がこんなに気持ちいい感じでいるのを見つけて、とてもうれしかったです
Elle était cependant un peu surprise
しかし、彼女は少し驚いていました
Elle entendit la voix de la duchesse près de son oreille
彼女は耳の近くで公爵夫人の声を聞いた
« Tu penses à quelque chose, ma chérie »
「君は何か考えているんだね」
« Et ça fait oublier de parler »
「それで話すのを忘れてしまう」
« Le jeu se passe un peu mieux maintenant », a déclaré Alice
「今はゲームがかなり良く進んでいる」とアリスは言った
C'était une façon de poursuivre la conversation
それは会話を続けるための1つの方法でした
— C'est vrai, dit la duchesse
「確かにそうです」と公爵夫人は言いました
« Et la morale de cela est la suivante : »

「そして、その教訓はこれです。」
« C'est l'amour qui fait tout ! »
「すべてを成し遂げるのは愛です!」
« L'amour est ce qui fait tourner le monde »
「愛こそが世界を動かしている」
Alice avait une autre explication
アリスは別の説明をしました
« C'est fait par tout le monde qui s'occupe de ses propres affaires ! »
「それは、誰もが自分のことを気にしているからだ!」
— Ah ! Vous pourriez avoir raison"
「ああ、まあ!君の言う通りかもしれない」
— Tout cela signifie à peu près la même chose, dit la duchesse
「それはすべてほとんど同じことを意味します」と公爵夫人は言いました
et elle enfonça son petit menton pointu dans l'épaule d'Alice
そして彼女は鋭い小さな顎をアリスの肩に食い込ませました
« Et la morale de cela est la suivante »
「そして、その教訓はこれです」
« Prendre soin du sens »
「感覚を大事にする」
« Et puis les sons prendront soin d'eux-mêmes »
「そうすれば、音は自然に解決する」
Mais alors le bras de la duchesse se mit à trembler
しかし、その時、公爵夫人の腕が震え始めました
Alice leva les yeux et la reine se tenait là
アリスが顔を上げると、そこには女王様が立っていました
La reine avait les bras croisés
女王は腕を組んでいました
Et elle fronçait les sourcils comme un orage !
そして彼女は雷雨のように眉をひそめていました!
« Je vous préviens », cria la reine
「私はあなたに公正な警告をします」と女王は叫びまし

た
et elle piétina le sol tout en parlant
そして彼女は話しながら地面を踏み鳴らしました
« Soit ta tête, soit sa tête doit être coupée »
「あなたの頭か彼女の頭がずれているに違いない」
« Faites votre choix ! »
「お好きな方を選んでください!」
« Et soyez rapide à ce sujet »
「そして、それについて迅速に」
La duchesse fait son choix
公爵夫人は彼女の選択をしました
et au bout d'un instant la duchesse avait disparu
そして一瞬のうちに、公爵夫人は去りました
Puis la reine s'adressa à Alice
それからお妃様はアリスに話しかけました
« Continuons le jeu »
「さあ、ゲームを続けよう」
Alice était trop effrayée pour dire un mot
アリスは怖くて一言も言えませんでした
et elle la suivit lentement jusqu'au terrain de croquet
そして彼女はゆっくりと彼女の後を追ってクロケット場
に戻った
Pendant tout ce temps, la reine s'est querellée avec les autres
joueurs
その間ずっと、女王は他のプレイヤーと喧嘩していまし
た
« Coupez-lui la tête ! »
「彼の頭を切り落とす!」
« Coupez-lui la tête ! »
「彼女の頭を切り落とす!」
« Coupez-leur la tête ! »
「奴らの頭を全部切り落とす!」
Bientôt, tous les joueurs ont été en garde à vue
すぐにすべての選手が拘束されました
il ne restait que le roi, la reine et Alice
王様とお妃様とアリスだけが残りました

Puis la reine s'en alla, tout à fait essoufflée
それから女王は息を切らして去っていきました
et elle s'en alla avec Alice
そして彼女はアリスと一緒に立ち去りました
Alice entendit le roi dire quelque chose
アリスは王様が静かに何かを言うのを聞いた
« Vous êtes tous pardonnés »
「君たちは皆、恩赦された」
Mais soudain, un autre cri se fit entendre
しかし、突然、別の叫び声が聞こえました
« Le procès commence ! »
「裁判が始まります!」
et Alice courut avec les autres
そしてアリスは他の人たちと一緒に走りました

Qui a volé les tartes ?
タルトを盗んだのは誰ですか?
Le roi et la reine de cœur étaient assis
ハートの王様と女王様が座っていました
ils étaient sur leur trône quand Alice arriva
アリスが到着したとき、彼らは王位にいました
Il y avait une grande foule rassemblée autour d'eux
彼らの周りには大勢の人が集まっていました
Il y avait toutes sortes de petits oiseaux et de bêtes
いろんな小鳥や獣がいました
Et il y avait tout le paquet de cartes
そして、カードのパック全体がありました
Le coquin se tenait devant eux, enchaîné
その騎士は鎖につながれて彼らの前に立っていた
et il y avait un soldat de chaque côté pour le garder
そして、彼を守るために両側に兵士がいました
près du roi était le lapin blanc
王様の近くには白ウサギがいました
Il avait une trompette dans une main
彼は片手にトランペットを持っていました
et il avait un rouleau de parchemin dans l'autre main
そして、もう片方の手には羊皮紙の巻物を持っていました
Au milieu de la cour se trouvait une table
コートの真ん中にはテーブルがありました
Sur la table, il y avait un grand plat de tartes
テーブルの上には大きな皿に盛り込まれたタルトが置かれていました
« J'aimerais qu'ils fassent le procès », pensa Alice
「裁判が終わったらいいのに」とアリスは思いました
« Alors nous pourrions manger quelques-uns de ces rafraîchissements ! »
「じゃあ、その軽食を食べよう！」

Le juge, soit dit en passant, était le roi
ところで、裁判官は王様でした
et il portait sa couronne sur sa grande perruque
そして、彼は大きなかつらの上に王冠をかぶっていました
« C'est le banc des jurés, pensa Alice
「あれが陪審員席だよ」とアリスは思いました
« Et ces douze créatures, je suppose qu'elles sont les jurés »
「そして、その12人の生き物は、彼らが陪審員だと思います」
certains étaient des animaux, et d'autres étaient des oiseaux
動物もいれば、鳥もいました
Juste à ce moment-là, le lapin blanc a crié
ちょうどその時、白ウサギが叫びました
« Silence dans la cour ! »
「法廷に静寂を！」
« Héraut, lisez l'accusation ! » dit le roi
「伝令よ、告発を読め！」と王は言った
Le lapin blanc souffla trois coups de trompette
白ウサギはトランペットを3回吹き鳴らしました

Puis il déroula le parchemin
それから彼は羊皮紙の巻物を広げました
Et il a lu ce qui suit :
そして、彼は次のように読みました。
« La reine de cœur, elle a fait des tartes, »
「ハートの女王、彼女はタルトを作りました」
« Tout cela, elle l'a fait un jour d'été »
「彼女が夏の日にやったことすべて」
« Le valet de cœur, il a volé ces tartes »
「ハートのナイフ、彼はそのタルトを盗んだ」
« Et il a emporté ces tartes loin ! »
「そして、彼はそのタルトを遠くに持っていった!」
« Appelez le premier témoin », dit le roi
「最初の証人を呼んでください」と王は言いました
et le lapin blanc souffla trois coups de trompette
そして、白ウサギはトランペットを3回吹き鳴らしました
« Amenez le premier témoin ! » cria-t-il
「最初の証人を連れてこい!」彼は叫んだ
Le premier témoin était le chapelier
最初の目撃者は帽子職人でした
Il entra avec une tasse de thé dans une main
彼は片手にティーカップを持って入ってきた
et il avait un morceau de pain et de beurre dans l'autre main
そして、もう片方の手にはパンとバターを持っていました
« Tu aurais dû finir », dit le roi
「お前は終わらせるべきだった」と王様は言いました
« Quand avez-vous commencé ? »
「いつから始めたの?」
Le chapelier regarda le lièvre de marche
帽子職人はマーチノウサギを見ました
Le lièvre de marche l'avait suivi dans la cour
三月うさぎは彼を追って宮廷に入った
Il avait marché bras dessus bras dessous avec le loir
彼はヤマネと腕を組んで歩いていた

« Le quatorzième mars, je crois, dit-il
「3月14日だったと思う」と彼は言った
« Rendez votre témoignage », dit le roi
「証拠を出せ」と王様は言いました
« Et ne sois pas nerveux, ou je te ferai exécuter sur-le-
champ »
「そして、緊張しないでください。さもないと、その場
で処刑します」
Cela n'a pas semblé encourager du tout le témoin
これは、証人を全く励ましそうにではなかった
Il n'arrêtait pas de se déplacer d'un pied sur l'autre
彼は片方の足からもう片方の足へと動き続けた
et il regarda la reine avec inquiétude
そして彼は不安そうに女王を見ました
et, dans sa confusion, il mordit un gros morceau de sa tasse
de thé
そして、混乱の中、彼はティーカップから大きなピース
を噛みちぎりました
En réalité, il voulait croquer dans son pain et son beurre
本当は彼はパンとバターを噛むつもりだった
Juste à ce moment, Alice éprouva une sensation très curieuse
ちょうどその時、アリスはすごく不思議な感覚を感じま
した
Elle commençait à grossir à nouveau
彼女は再び大きくなり始めていました
Le misérable chapelier laissa tomber sa tasse de thé
惨めな帽子職人は彼のティーカップを落としました
et le pain et le beurre tombèrent à terre
そして、パンとバターは地面に落ちました
et il mit un genou à terre
そして彼は片膝をついて倒れた
« Je suis un pauvre homme, Votre Majesté », a-t-il commencé
「私は貧しい男です、陛下」彼は話し始めた
« Vous êtes un bien mauvais orateur, » dit le roi
「お前は話すのがとても下手だな」と王様は言いました
« Tu peux y aller, » dit le roi

「行ってもいいよ」と王様は言いました
et le chapelier quitta précipitamment la cour
そして帽子職人は急いでコートを去りました
« Appelez le témoin suivant ! » dit le roi
「次の証人を呼べ!」と王様は言いました
Le témoin suivant fut le cuisinier de la duchesse
次の証人は公爵夫人の料理人でした
Elle portait la poivrière à la main
彼女は手にペッパーボックスを持っていました
et les gens près de la porte se mirent à éternuer tout à coup
そして、ドアの近くにいた人々が一斉にくしゃみを始め
ました
« Rendez votre témoignage », dit le roi
「証拠を出せ」と王様は言いました
— Je ne donnerai aucun témoignage, dit le cuisinier
「証拠は出さないよ」とコックは言った
Le roi regarda anxieusement le lapin blanc
王様は心配そうに白ウサギを見つめました
Et le lapin blanc parlait d'une voix douce
そして白ウサギは静かな声で話しました
« Votre Majesté doit contre-interroger ce témoin »
「陛下はこの証人を尋問しなければなりません」
« Eh bien, s'il le faut, il le faut, » dit le roi
「まあ、もしそうしなければならないなら、そうしなけ
ればならない」と王様は言いました
« De quoi sont faites les tartes ? »
「タルトは何でできているの?」
« Les tartes sont faites de poivre, principalement », a déclaré
le cuisinier
「タルトは主にコショウでできています」とコックは言
いました
Pendant quelques minutes, toute la cour fut dans la
confusion
数分間、裁判所全体が混乱していました
Finalement, ils se sont tous calmés
結局、彼らは再び落ち着きました

Mais à ce moment-là, le cuisinier avait disparu
しかし、その頃にはコックは姿を消していました
« N'importe ! » dit le roi
「気にしないで！」と王様は言いました
« Appel à la barre du prochain témoin »
「証言台に次の証人を呼べ」
Alice regarda le lapin blanc qui tâtonnait sur la liste
アリスは、白ウサギが手探りでリストをめくるのを見て
いました
Vous pouvez imaginer sa surprise à ce qu'elle a entendu
ensuite
次に聞いた音に驚いた彼女の姿が想像できます
à tue-tête de sa petite voix aiguë, il appela le nom « Alice ! »
彼は甲高い小さな声で「アリス！」という名前を呼びま
した。

Le témoignage d'Alice
アリスの証拠

« Ici ! » s'écria Alice
「ほら！」とアリスは叫びました
Elle se leva d'un bond en toute hâte
彼女は大急ぎで飛び上がった
et elle renversa le banc des jurés
そして彼女は陪審員席をひっくり返しました
et elle renversa tous les jurés
そして彼女はすべての陪審員を倒しました
et ils tombèrent sur la tête de la foule en bas
そして、彼らは下の群衆の頭に落ちました
Alice était dans un grand désarroi
アリスはひどく落胆していました
« Oh ! je vous demande pardon ! » s'écria-t-elle
「ああ、ご容赦ください！」彼女は叫んだ
« Le procès ne peut pas avoir lieu », dit le roi
「裁判は進めない」と王は言った
« Les jurés doivent retourner à leur place »
「陪審員は適切な場所に戻らなければならない」
Il répéta l'ordre avec beaucoup d'emphase
彼は非常に強調して順序を繰り返しました
et il regarda Alice d'un air sévère
そして彼はアリスを厳しく見つめました
« Que savez-vous de ces événements ? » demanda le roi à Alice
「これらの出来事について、あなたは何を知っているの？」と王様はアリスに尋ねました
— Je ne sais rien à ce sujet, dit Alice
「その件については何も知らない」とアリスは言った
Le roi lut ensuite un extrait de son livre
その後、王は彼の本を読みました
« Règle quarante-deux »
「ルール42」
« Toutes les personnes de plus d'un kilomètre de haut doivent quitter le tribunal »

「1マイル以上の身長の人は全員、裁判所を出ることに
なっている」
« Je ne suis pas à un mille de haut, » dit Alice
「僕は1マイルも高くないよ」とアリスは言った
« Près de deux milles de haut », dit la reine
「高さは約2マイルです」と女王は言いました

— Eh bien, je refuse d'y aller, dit Alice
「うーん、行くのは断る」とアリスは言った
Le roi pâlit
王様は青ざめました
et il ferma précipitamment son carnet
そして彼は急いでノートを閉じた
« Considérez votre verdict », a-t-il dit au jury
「あなたの評決を考えてみてください」と彼は陪審員に
言った
Il parlait d'une voix basse et tremblante
彼は低く、震える声で話した
Puis le lapin blanc prit la parole
すると白ウサギが口を開いた
« Il y a encore plus de preuves à venir »

「まだまだ証拠は出ています」
et il se leva d'un bond en toute hâte
そして彼は大急ぎで飛び上がりました
« Ce papier vient d'être retiré »
「この論文がちょうど取り上げられました」
« On dirait que c'est une lettre écrite par le prisonnier »
「囚人が書いた手紙のようです」
Il déplia le papier tout en parlant
彼は話しながら紙を広げた
« Ce n'est pas une lettre, après tout »
「やっぱり手紙じゃないんだよ」
« Ce que c'était, c'était un ensemble de versets »
「それが何だったかというと、一組の詩だった」
« S'il vous plaît, Votre Majesté », dit le coquin
「お願いします、陛下」と騎士は言いました
« Je n'ai pas écrit ces vers »
「あの詩は私が書いたのではない」
« et ils ne peuvent pas prouver que j'ai écrit quoi que ce
soit »
「そして、彼らは私が何かを書いたことを証明できない
」
« Il n'y a pas de nom signé à la fin »
「最後に署名された名前はありません」
Le roi parla au fripon
王様は騎士に話しかけました
« Vous avez dû vouloir causer des méfaits »
「何か悪戯をするつもりだったんだろうな」
« Sinon, tu aurais signé ton nom comme un honnête
homme »
「そうでなければ、正直な男のように自分の名前に署名
していただろう」
Il y eut un claquement général de mains
手を叩く声が一斉に上がった
Et le roi se tourna vers le lapin blanc
そして王様は白ウサギに向き直りました
« Lisez les vers », ordonna-t-il

「詩を読め」と彼は命じた
Il y eut un silence de mort dans la cour
法廷には静寂が漂っていた
et le lapin blanc lut les versets
そして、白ウサギが詩を読み上げました
Ils m'ont dit que vous étiez allé chez elle
彼らはあなたが彼女のところに行ったことがあると私に
言いました
Et ils lui parlèrent de moi
そして、彼らは私を彼に紹介しました
Elle m'a donné un bon caractère
彼女は私に良い性格を与えてくれました
Mais elle a dit que je ne savais pas nager
でも、彼女は私が泳げないと言いました
Il leur a fait savoir que je n'étais pas parti
彼は私が行っていないと彼らに知らせを送りました
Nous savons que c'est vrai
私たちはそれが真実であることを知っています
Si elle poussait l'affaire, que deviendriez-vous ?
もし彼女が問題を押し進めたら、君はどうなるの?
Je lui en ai donné un, ils lui en ont donné deux
私は彼女に1つ、彼らは彼に2つあげた
Vous nous en avez donné trois ou plus
あなたは私たちに3つ以上を与えました
Ils sont tous revenus de sa part vers vous
彼らは皆、彼からあなたのところに戻ってきました
bien qu'ils aient été les miens avant
彼らは以前私のものでしたが
Si j'avais la chance d'être
もし私または彼女が万が一だったら
Si j'étais impliqué dans cette affaire
もし私または彼女がこの事件に巻き込まれていたら
Il compte en vous pour les libérer
彼はあなたが彼らを自由にすることを信頼しています
Exactement comme nous étions
まさに私たちがそうであったように

Mon idée, c'est que vous aviez été
私の考えでは、あなたはそうだった
Avant qu'elle n'ait cette crise
彼女がこの発作を起こす前
Un obstacle qui s'est dressé entre
間に立ちはだかる障害
Lui, et nous-mêmes, et cela
彼と私たち自身、そしてそれ
Ne lui faites pas savoir qu'elle les aimait mieux
彼女が一番好きだったことを彼に言わないでください
Car cela doit être à jamais un secret, caché à tous les autres
なぜなら、これは永遠に秘密であり、他のすべての人々
から守られなければならないからです
Ce secret doit rester un secret entre vous et moi
この秘密は、あなたと私の間の秘密のままでなければな
りません
Le roi était très impressionné
王様はとても感動しました
« C'est la preuve la plus importante que nous ayons
entendue jusqu'à présent »
「それは私たちがこれまでに聞いた中で最も重要な証拠
です」
— Je ne crois pas que ces vers aient un atome de sens,
objecta Alice
「あの詩には意味のかけらもないと思う」とアリスは反
論した
le roi avait sa propre opinion sur la question
国王はこの問題について彼自身の意見を持っていました
« S'il n'y a pas de sens dans ces mots, cela sauve un monde
de problèmes »
「その言葉に意味がなかったら、世界が困る」
« Alors nous n'avons pas besoin d'essayer de trouver le
sens »
「それなら、意味を見つけようとする必要はありません
」
« Laissons le jury délibérer sur son verdict »

「陪審員に彼らの評決を考えさせてください」
« Non, non ! » dit la reine
「いや、いや!」と女王は言いました
« La condamnation d'abord, le verdict ensuite »
「量刑が先で、評決は後」
« Des bêtises et des bêtises ! » dit Alice à haute voix
「くだらないことばかげている!」とアリスは大声で言
いました
« Comme il est stupide de condamner l'accusé en premier ! »
「被告に最初に判決を下すなんて、なんてばかげている
んだ!」

« Tais-toi ! » dit la reine en devenant violette
「舌を押さえて!」女王は紫色に変わりながら言いまし
た
« Je ne me tairai pas ! » dit Alice
「舌を噛まない!」とアリスは言った
cria la reine à tue-tête
女王は声の限りに叫んだ
« Coupez-lui la tête ! »
「彼女の頭を切り落とす!」

Personne n'a fait un mouvement
誰も動きをしなかった
« Qui se soucie de ce que vous dites ? » dit Alice
「誰があなたの言うことを気にするの?」とアリスは言った
Elle avait atteint sa taille maximale à ce moment-là
この頃には、彼女はフルサイズに成長していました
« Tu n'es rien d'autre qu'un jeu de cartes ! »
「お前はただのトランプだ!」
À ces mots, toutes les cartes se levèrent dans les airs
このとき、すべてのカードが空中に浮かび上がりました
et toutes les cartes s'abattaient sur elle
そして、すべてのカードが彼女に飛んできた
Elle poussa un petit cri
彼女は小さな悲鳴を上げた
Elle était à moitié effrayée, mais aussi en colère
彼女は半分怖かったが、同時に怒っていた
Et elle a essayé de se battre contre les cartes
そして、彼女は自分自身からカードを撃退しようとしました
puis elle se retrouva allongée sur le talus d'herbe
そして、彼女は自分が草の土手に横たわっていることに気づきました
Sa tête était sur les genoux de sa sœur
彼女の頭は妹の膝の上にありました
Des feuilles mortes s'étaient posées sur son visage
彼女の顔には枯れ葉が落ちていました
et sa sœur balayait doucement les feuilles
そして彼女の妹は優しく葉を払い落としていました
« Réveille-toi, ma chère Alice ! » dit sa sœur
「起きて、アリス!」と姉が言った
« Quel long sommeil tu as eu ! »
「なんて長い眠りだったんだろう!」
« Oh, j'ai fait un rêve si curieux ! » dit Alice
「あら、こんなに不思議な夢を見ちゃったの!」とアリスは言いました

Et elle raconta à sa sœur tout ce qu'elle pouvait se rappeler
そして、彼女は覚えている限りのことを妹に話しました
toutes les étranges aventures que vous venez de lire
あなたがちょうど読んでいるすべての奇妙な冒険
Alice se leva et s'enfuit en courant
アリスは起きて走り去りました
et elle pensait, tout en courant, à son rêve
そして、走りながら、自分の夢について考えました
« Quel rêve merveilleux cela avait été ! »
「なんて素晴らしい夢だったんだろう!」